우리는
서로에게 아름답고
잔인하지

우리는 서로에게 아름답고 잔인하지

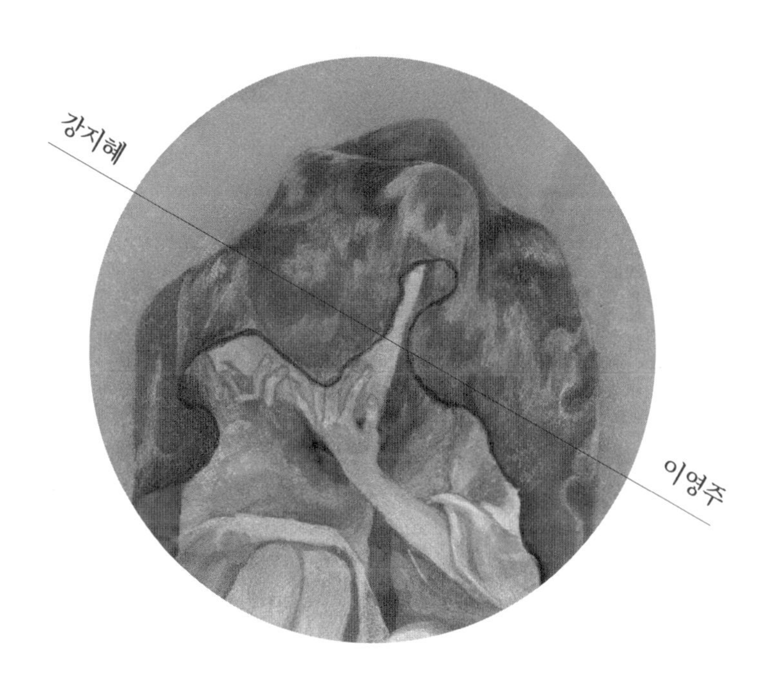

강지혜

이영주

아침달

목차

6 자기 돌봄:

내가 꼭
나를
사랑해야 하나?

7 치유:

내 안의
축축하고
깊은 어둠을
꺼내서

들어가며

강지혜

이영주 시인을 만난 지 올해로 딱 10년이 되었다. 그 10년 동안 나는 인생에서 그 어떤 때보다 스펙터클한 시간을 보냈다. 등단, 결혼, 제주 이주, 첫 시집 출간, 첫 에세이 출간, 출산까지. 정말로 많은 일이 있었다. 제주로 이주한 후로 이영주 시인과 나는 서로의 얼굴을 보고 이야기하는 시간이 현저히 줄었다. 그런데 왜일까. 자주 만날 수 없게 되자 메신저나 전화로 더 많이 연락하고, 더 깊은 이야기를 할 수 있게 되었다. 서울과 제주라는 물리적 거리를 더 많은 대화로 채우려고 했던 걸까.

그러던 중 2020년 신종 코로나 바이러스가 전 세계를 패닉에 빠트렸다. 사람들은 빠른 속도로 일상을 잃어버렸다. 일상을 잃어버리게 되면 가장 취약했던 부분이 곪아버린다는 걸, 우리 모두 너무나 절절하게 깨달았다. 나와 이영주 시인 역시 다른 사람들과 다르지 않았다. 전 세계가 아수라장이 되어가는데도 무심히 봄은 찾아왔다. 유난히 날이 맑고 아름다웠던 제주의 어느 봄날, 볕이 따뜻했던 산책길에서 무릎이 꺾여버렸다. 산책에 동행한 강아지보다 더 짐승같이 울부짖었다. 더 이상 혼자서 견디기 어렵다고 생각했고, 상담을 받기로 결심했다. 그즈음 그녀도 비슷한 처지라는 이야길 들었다. 우리가 처한 상황은 각자 달랐지만, 겪고 있는 감정은 비슷했다. 우리가 느끼는 이 불편함과 불안은 어디서 오는 걸까.

지난 1년간 우리는 각자가 처한 상황에서 벗어나고자 노력했던 서로의 분투를 주고받았다. 어떤 날에는 우리가 각각 80년대와 70년대에 태어난 사람이라는 것이 무색하리만큼 정확히 같은 것에 대한 불편함을 느끼기도 했고, 또 어떤 날에는 서로가 처한 상황이 너무 달라서 더 이야기를 이어갈 수 있을까 의문스럽기도 했다. 그럼에도 우리는 서로의 분투를 응원했다. 항상 같은 목소리로. 그 과정에서 내가 이영주 시인을 오랫동안 호명했던 '선생님'이라는 말이 '언니'로 변화하기도 했다. 영주 언니, 라고 부르면 뜨겁고 안온했다.

얼마 전 언니와 통화를 하다 이런 말을 했다. "왜 모든 게 이렇게 힘이 들까요?" 그녀는 잠시 고민하다가 "부정성이 자꾸 따라 오는 건, 우리가 열심히 하는 사람이라서 그런 거 아닐까?" 하고 되물었다. 그러고 보니 한 번도 그런 관점에서는 생각해본 적이 없었다. 열심히, 꾸준히, 완전한 상태를 만들고 싶기 때문에 '어렵다'는 느낌이 드는 거 아닐까. 그냥 대충 '좋은 게 좋은 거지'라는 생각이었다면 이런 감정을 느낄 필요도 없겠지, 그냥 흘러가게 두면 될 테니까. 나에겐 늘 '힘들다'는 감정이 눈앞에 있는 너무 큰 적처럼 느껴졌다. 거대하지만 내게 다가오지 않고 낮게 으르렁거리는 적. 눈앞에 적 말고 '그저 살아가려는 나'의 손을 잡고 다른 방향으로 뛰었더라면, 지금의 나는 조금 다른 사람이 되었을까?

모르겠다. 시간은 절대로 뒤로 흐르는 법이 없고, 인간은 똑같은 실수를 반복할 테니까. 그럼에도 한 가지 분명한 건, 나는, 언니는, 끊임없이 분투를 벌일 거라는 거. 그리고 왕왕 너무 지쳐 투정하고 싶어질 때, 어딘가에 조금 기대고 싶어질 때 나에게는 언니가, 언니에게는 내가 있을 거라는 거. 모든 배팅은 불확실한 여러 개의 가능성이 아니라, 확실한 하나에 거는 거니까. 나는 여기에 걸어본다. 우리가 우리 옆에 언제까지고 있어 준다는 데에.

1

상처:

상처를
어떻게
말해야 할까

깡지야, 기나긴 장마가 끝났어.

이번 장마는 정말 고통스러웠지. 이제 지구는 인간에 의해서 병들어가고 있는 거야. 이런 기상 이변을 통해 길고 길게, 병증들을 토해내고 있는 건 아닐까. 오랜만에 이불을 빨고 옥상에 널었다. 햇빛 때문에 눈을 뜰 수가 없었어. 이불은 말라가겠지. 밤이면 옥상에는 이불의 유령들이 모여 앉아 있는 것 같아. 가끔 우당탕 소리가 들리거든. 유령에게 발이 있다면 이불 위에 차가운 발을 올려놓고 있겠지.

천천히 계단을 내려왔어. 뜨거워진 몸에도 오소소 소름이 돋는다면, 그냥 내 마음이 그런 걸까. 폭염에도 서늘한 한기 같은 것이 떠나지 않네. 인간에게는 털이 부족해서 짐승을 찢어

부족한 털을 보충하고, 인간에게는 단백질이 부족해서 짐승을 찢어 살을 먹고. 인간은 스스로가 망친 지구의 환경이 불편해서 짐승의 생태를 동경하고. 인간은 짐승보다 형편없이…….

어느 순간부터 인간보다 좋은 것들이 늘어나기 시작했어. 그리고 나는 내가 좋지만, 내가 인간인 것이 싫어졌어. 이제는 사랑스러운 네가 인간인 것이 안타까울 지경이야. 급격한 변화를 가져오는 기후의 날 선 감각과 크고 작은 재난 앞에서 나는 적잖이 당황하고 있는 거 같다. 요즘 심정을 말하려다 보니, 인간 이외의 것들로 흘러가는 내 마음이 적나라하게 드러나고 말았네.

하지만 네가 어느 순간부터 '언니'라고 불러주니 이거야말로 인간의 사랑이 아닐까. 관계가 깊어지면 위계를 벗어나서 친구가 될 수 있다는 가능성을 네가 알려준 거지. 너에게 언니가 되는 순간 따뜻한 물줄기가 흐르는 것처럼 마음이 조금씩 덥혀졌어. 깊은 위안이란 이런 온도구나.

깡지야.

우리는 어떤 전환점에 와 있는지도 몰라.

신종 코로나 바이러스가 우리 일상을 지배하고, 우리 모두 마스크를 낀 1년이 넘도록 적응하고 있어. 예전 같으면 영화에나 나올 법한 디스토피아가 현실이 되고 만 거야. 그런데 놀라운 것은 이러한 재난이 관계를 바꿔놓고 있다는 거지. 우리는 서로를 거침없이 침범하면서 살아왔는데, 그것이 때로 사랑이고 때로 미움이고 그랬잖아. 그런데 이제 '거리두기'를 하지 않으면 살아남지 못하는 세상이 된 거야. 만나고 싶지만 만나지 않아야만 하는 거지. 만나고 싶지 않지만 만나야만 했던 예전은 어땠던 거지? 아마 서로를 만나면서 존재를 확인하는 일이 그렇게 즐겁지만은 않았을 거야. 그런데 막상 이렇게 되니 그때가 그리워지는 건 왜일까. 예전의 만남이 전생의 일처럼 까마득하다. 단지 한두 해 전인데도.

석양이 지기 전에 이불을 걷을 때면 생각해. 유령의 발이 아니라 인간의 발이 이불 안에 있겠구나. 무수한 사람들의 발이 각자의 이불 안에서 온기를 덥히고 있겠구나, 하고. 요즘은 아무래도 좀 다른 느낌이야. 바깥에 나가지 않으니 사소한 일에도 온기가 번져오는 것처럼. 지리한 만남이 일상에 불과했는데 지금은 너무나 소중해지는 것. 천천히, 아주 천천히. 이상한 방식으로 따뜻해진다는 것. 혼자 있지만 적당한 거리에서 같이 있는, 덜 불행하다고 느끼는 순간이 찾아온다는 것.

재난은 이불을 둘둘 말고 시를 쓰기 좋은 시간으로 여겨지기도 하는 걸까.

제주도로 가서 살아내고 있는 네가 더욱 그립다. 너는 요즘 어떠니? 어떻게 지내니?

맞아요. 2020년 여름은 정말 이상했어요. 한 달 넘게 장마가 지속되었고, 지겨운 장마가 끝나자 뒤늦게 찾아온 여름이 그 위력을 맹렬히 과시했고, 가을로 가는 길목에는 태풍이 연속해서 제주를 강타했습니다. 섬의 날씨라는 것은 인간을 무력하게 만들기에 충분하답니다. 저 역시 인간의 무능함에 대해 오래전부터 생각해왔어요. 그러다 섬에 살기 시작하면서 대자연 앞에 속수무책인 저를 볼 때마다 '인간은 정말 아무것도 아니구나!'라는 걸 절절히 깨달아요. 그런데 왜일까요? 그 속수무책의 순간에서 오히려 자유가 느껴지는 건. 도저히 인간으로는 어떻게 해볼 도리가 없기 때문에 무엇을 시도해도 괜찮다는…… 그런 마음이 생겨요.

게다가 작년에는 전 세계적인 패닉을 경험하면서 인간의 무력함을 또 한 번 여실하게 느꼈어요. 좀 더 시간이 흐른 후, 우리는 이 시기를 어떤 모습으로 기억하게 될까요? 제주도에서 생업으로 숙소를 운영하고 있는 저에게도 타격이 컸답니다. 예약률이 평소의 반도 안 되었어요. 다행히 남편이 다른 일을 하고 있어서 생계까지 어려움이 이어지진 않았지만 자영업만으로 삶을 영위했던 사람들은 그야말로 손도 써보지 못하고 나자빠질 수밖에 없었을 거예요. 이런 상황이 어디 자영업뿐일까요. 프리랜서, 예술가 등 사회 안전 보장망의 사각지대에 있던 사람들은 지금 어떻게 살아가고 있는 걸까요? '사는' 것이 아니라 '버티는' 시간이 인간을 얼마나 피폐하게 만드는지 경험해보지 못한 이들은 모를 거예요. 끊임없이 '버티기'만 하는 시간 속에서, 자존감이 상하지 않고 온전히 버틸 수 있는 사람이 몇이나 될까요. 어지러운 날들입니다.

잘 아시겠지만 제 별명이 '깡지'잖아요? 특히 고등학교, 대학교 친구들은 저를 모두 깡지라는 이름으로 부르는데요. 그 시기에는 저 자신도 강지혜라는 제 이름보다는 깡지라는 애칭을 더 아꼈어요. 현재를 살아가는 저의 많은 부분이 그 시기에 완성되었다고 생각하는데……. 저는 그때 정말이지 정력적이었어요. 한번에 여러 가지 일을 처리하고 그러면서도 사람들에게 호의적이고 어려운 일이 생기면 늘 제가 도맡아 했죠. 분명 착한 아이 콤플렉스가 발휘된 일이었지만, 그런 저 자신이 싫다거나 자괴감이 들지 않았어요. 젊음이라는 건 콤플렉스 덩어리라도 그 나름대로 즐거운 일들이 얼마나 그득한가요.

30대가 되어서도 그 추진력을 부려 제주로 이주도 하고 새로운 일상을 만들었습니다만, 언젠가부터 제 안에 어떤 부분들이 회복되지 않는다고 느껴져요. 그럼에도 삶은 계속되고, 심지어 제주에선 생명을 키우는 중입니다. 이렇게 고장 난 상태로 저는 어디까지 갈 수 있을까요. 아니, 좀 더 가도 되는 걸까요. 그냥 이대로 버티며 살아도 되는 걸까요.

네 별명이 깡지라는 걸 알았을 때, 강지혜라는 이름하고도 잘 겹쳐지지만, 네 표정과 귀여움과 호탕함과 걸걸한 목소리와 빛나는 웃음까지 정말 잘 어울린다는 느낌이 들었어. 깡다구 센 강아지 같기도 하고, 깡다구 센 지혜 같기도 하니까. 나는 너의 그 깡다구가 제일 멋있다고 생각하거든.

깡지 너를 처음 만났던 순간이 생각난다. 내가 한겨레 문화센터 분당 지점에서 시 창작 강의하고 있을 때였지. 나는 박사과정을 수료하고 외부 강의를 시작한 지 얼마 되지 않았고, 너는 석사를 다니다가 그만두고 직장인이 되어 있을 때였지 (한겨레 문화센터 분당 지점이 지금은 없어졌지). 나는 두 시간 넘게 걸려서 분당에 도착하면 정말 너무 지쳐서 매번 그냥 집에 가버릴까 하는 생각을 했어. 일부러 아침 일찍 출발해서 센터 근처 카페에서 종일 책을 읽거나 아울렛 가서 쇼핑하고…… 그렇게 즐거우려고 애쓰지 않았다면 초반에 관뒀을지도 몰라. 분당 지점은 생긴 지 얼마 되지 않아서 비전공자들의 취미 강좌의 성격이 강했어. 시를 사랑하지만 써본 적 없는 사람들이 대부분이었지. 그런 수업이 흥미로운 것은, 누구라도 시인이 될 가능성을 발견하게 된다는 거야. 나는 소심한 그들에게서 문학적 가능성을 발견하고 그것을 끄집어내는 재미에 빠져 있었지.

그런데 네가 딱 나타났어. 문창과 출신 수강생이. 같은 과 출신 친구를 데리고. 이런 말을 해도 될는지 모르겠지만, 너는 첫인상이 정말 귀여웠어. 대학 신입생 같은 풋풋함이 넘쳤지. 그런데 정작 너는 그렇게 신나는 상태는 아니었던 것 같아. 직장 생활을 하면서 분당까지 시를 배우러 왔다 갔다 한다는 게 쉬운 일은 아니니까. 네가 아무리 젊음의 기운으로 버틴다고 해도, 정말 쉽지 않았을 거야.

그런데 나는 뭔가 신이 났어. 문창과 출신 친구가 둘이나 되고, 이 젊은이들이 많은 시집을 읽었고, 또 시도 잘 쓰니까. 강의한다기보다 후배들하고 문학적 교류를 나누는 느낌이 더 커서 정말 즐거웠지.

너는 평소에 유머 감각이 매우 뛰어난 사람인데, 시에 대해서만큼은 정말 진지했어. 나는 그런 너의 태도가 좋았어. 유머 감각이 너의 매력을 증폭시키고, 진지함이 매력을 단단하게 만들었지. 인간적인 매력으로도 나를 사로잡았던 거야. 이런 녀석! 무엇보다 상상력이 뛰어난 놀라운 시들을 써오고, 그것이 주는 신선한 전율에 나도 자극을 많이 받았지.

나는 네가 빨리 시인이 되길 바랐어. 그러면 우리가 더 깊어질 수 있다고 믿었거든. 네가 삶에 지쳐 시의 굴레에서 빠져나가지 않기를 바랐어. 네가 시의 덫에 제대로 걸려서 시인이라는 가혹한(?) 운명이 되길 바랐지. 하하. 그런데 아마 네 마음은 더 타고 있었을 거야. 너는 티를 많이 내지 않는 편이라 겉으로 씩씩하게 굴었지만, 나보다 네가 더 시인이라는 형벌에 빠져들고 싶어 했을 게 분명하지.

네가 절실하게 시인이 되길 원한다고, 술 마시고 길거리에서 갑자기 목 놓아 울었다고 얘기했던 게 생각나. 그때 내 마음도 안타까움에 무너져 내렸지. 이 친구가 시인이 되면 정말 좋겠다고 간절히 바랐어. 그리고 얼마 되지 않아 목 놓아 울던 너는 시인이 되었지.

네가 삶의 터전을 바꾸어도 회복되지 않는 어떤 부분들을 예민하게 의식할 때 오히려 나는 그런 생각이 들어. 너는 정말 시를 쓸 수밖에 없구나. 고장 난 마음을 들여다볼 수 있으니 네가 얼마나 건강한 사람인가. 그렇게 너를 버티게 하는, 문학에 대한 너의 진심. 너는 이 모든 '환난'을 견디고 끝끝내 시를 통해 빛을 퍼뜨리겠지. 나는 네 곁에 계속 있고 싶다.

우리의 시작을 생각해봤어요. 그 시작엔 '대지진의 봄'이 있었지요. 마음의 큰 변화를 일으켰던 하나의 사건(이 사건에 대해서는 뒤에서 말 할 수 있는 기회가 있을 듯해요.) 때문에 일본으로 워킹홀리데이를 떠났던 저는 2011년 3월 11일 동일본 대지진을 계기로 다시 한국에 돌아오게 되었지요. 마치 한국으로 다시 토해진 기분이었어요. 갈피를 잡을 수 없던 상태로 취직을 했고 매일 집과 일터를 오가며 아무 생각 없이 '살아지니 살자' 하던 시절이었습니다. 그때는 잘 몰랐지만, 그게 아마 우울증이었던 거 같아요.

그런데 저는 왜 그랬을까요. 왜 그 우울이란 감정 속에서 시를 붙잡았던 걸까요. 우연히 아버지가 읽던 신문에서 한겨레 문화센터의 강좌 홍보를 읽게 되었고, 거기서 언니의 이름을 발견하고 '이걸 들어야겠다'고 생각했습니다. 모든 것이 불확실하다고 느꼈던 20대의 한가운데서 그 생각만큼은 확실했어요. '다시 시를 써야겠다'는 생각 말이에요. 당시에 수강생 한 명 데리고 오면 수강료를 할인해주는 이벤트를 하고 있었는데, 그때 불현듯 같이 시를 썼던 과 동기가 생각이 났고, 그 친구를 데리고 분당으로 언니의 수업을 들으러 갔죠.

지금 생각하니 참 멀고 긴 여정이었어요. 저는 남양주에 살면서 강남구 신사동으로 출근으로 하고, 퇴근길에 분당으로 가 수업을 듣고, 다시 남양주로 돌아가고. 친구는 포천에 살면서 분당에서 수업을 듣고 다시 포천으로 돌아가는, 머나먼 시 창작의 길! 물리적인 거리 때문에 피곤하고 힘들 법도 한데, 저나 친구나 다시 시를 쓰기 시작했다는 설렘에 힘든 줄도 몰랐습니다.

설렘은 삶과 무척 가까운 감정이지요. 출퇴근하는 길에, 외근 나가는 길에 떠오른 단상을 핸드폰이나 노트에 받아 적고, 그 조각을 모아 시를 만들고, 그렇게 만든 시를 사람들 앞에서 낭독하고, 합평하고, 개작하고. 그 모든 과정이 어찌나 설레던지. '살아지니 살던' 저에게 다시금 생기가 돌았어요. 눈빛이 날카로워지고 손이 바빠지고 가슴은 울렁이는. 그야말로 즐거운 습작의 시절을 보냈습니다. 제가 그렇게 즐기면서 시를 쓸 수 있었던 건 언니 덕분이었어요. 언니와 만나서 나누는 이야기들, 수업 시간에 알게 된 새로운 시와 시인들, 저에겐 그 모든 게 너무 설레는 일이었어요. 일주일에 한 번뿐인 수업 시간이 늘 기다려졌지요.

그렇게 수업을 듣던 어떤 날, 언니가 제게 전에 썼던 시가 있다면 보여줄 수 있겠냐고 하셨죠. 저는 대학을 다닐 때 썼던(나름 모교의 문학상을 받았던!) 시들을 몇 편 추려 가져갔고, 언니는 그 시를 찬찬히 살펴보았죠. 그러다 「피닉스」라는 제목의 시에서 오랫동안 눈을 떼지 못했어요. "이 시, 지혜 씨가 쓴 시 맞죠? 나 이 작품이 왜 이렇게 낯이 익지?"라고 말씀하셨을 때, 저는 왜인지 모를 불안과 흥분에 휩싸였어요.

알고 보니 언니의 다른 수업을 들었던 한 학생이 제 동기였고, 한때는 친구였던 그 사람이 제 시를 본인이 쓴 것처럼 해서 제출한 것이었죠. 저는 전말을 알고 나서 그 친구에게 따져 물을 요량으로 전화를 했고, 그 과정에서 여러 가지 폭력에 노출되었어요. 그때 생각했어요. 시인이 되어야 한다. 무슨 일이 있어도 나는 시인이 되어야 한다. 내 억울함은 시인이 되어서 내 첫 시집에 이 시를 싣는 순간! 완벽한 복수를 하고 불꽃처럼 폭발하며 사라질 것이다!

저는 언니의 수업을 들으면서 이 열망을 실현할 수 있었어요. 아직도 신인상을 수상하게 되었다는 전화를 받던 날이 생각나네요. 언니에게 가장 먼저 전화를 걸어서 소식을 알렸죠. 간절히 열망하던 것을 손에 넣는다는 것. 제 인생에서 가장 강렬했던 성취의 순간을 언니와 함께했어요.

그리고 또 얼마가 지나고 저는 무슨 바람이 불어서였는지 언니에게 등산을 제안했죠. 아니, 저 정말 지금 생각해도 제가 왜 등산을 하자고 했는지 이유를 모르겠어요. 그때만 해도 저는 '자연'에 대해 별생각이 없는 서울에서 나고 자란, 그야말로 '도시인'이었는데 말이죠. 그런데 이 산행이라는 것이 생각보다 멋지더라고요. 단언컨대 저는 '투 머치 토커'예요. 스몰토크부터 아주 깊은 이야기까지 다양한 주제에 대해서, 매우, 말이 많죠. 제가 좋아하는 사람들 앞에선 더욱 그렇고요. 그런데 언니도 저 못지않은 '토커'이시더라고요. 후후. 물론 제가 편했기 때문에 그렇게 많은 이야기를 들려주셨다고 생각해요. 그, 그렇죠?

산에 가는 것도 좋고, 언니랑 말하는 것도 좋았어요. 카페에 앉아 몇 시간이고 이야기하는 것도 좋지만, 몸을 움직이면서 말하는 게 더 즐겁더라고요. 입 말고 모든 근육을 움직이면서 제 생각을 말하다 보니 오히려 말에 더 집중하게 되는, 즐겁고 낯선 시간이었어요. 그러다 보니 자연스럽게 '자연'에

눈길이 갔어요. 서울엔 참 산이 많지요. 그 산마다 각기 다른 풀과 나무, 동물이 있고, 골짜기의 모양, 봉우리의 모양도 제각각이고요. 그렇지만 또 그 모든 산이 공통으로 가진 것들도 많았어요. 악산이든 편한 산이든 오르는 건 힘들고, 내려오는 건 위험하죠. 오를 때보다 내려올 때 주의를 기울여야 한다는 것도 그때 알게 되었어요. 많은 사람과 함께 하는 시간도 나쁘지 않지만, 소중한 몇 사람과 오랜 시간을 보내는 게 더 깊은 즐거움을 준다는 것도 그때 알게 되었죠.

그 시절을 떠올리니 제가 지금 제주에서 사는 것이 우연이 아니라는 생각이 들어요. 저는 언젠가부터 '도시'를 어려워했고, '서울'이 힘겨웠어요. 또한 삶의 터전이었던 곳으로부터 물리적인 거리가 생기니 정말로 나를 원하는 사람들만이 나를 찾아오더라고요. 불필요한 관계가 자연스럽게 정리되고, 제가 아끼고, 저를 아끼는 사람들만이 제 곁에 남았습니다.

언니는 멀리 제주까지 저를 만나러 와주셨죠. 제주에서 만날 때마다 늘 시간이 모자랄 정도로 많은 말을 나누었는데도, 그때마다 이야기할 시간이 부족하다고 생각했어요. 그리고 최근 코로나 바이러스가 전 세계를 뒤덮고 실제로 우리의 만남이 요원해져버린 지금. 그 시절 산행이 참말로 그립습니다. 두 토커의 만남은 또 언제쯤 가능할까요?

오래 알아 온 너를 그때 처음 알게 되었지

네 편지를 받고 생각해보니 우리는 정말 깡다구는 센 사람들인데 이상하게 만나기만 하면 슬픔이 잔뜩 고여 있었지. 네가 제주도로 삶터를 옮기기 전, 근 1년 정도 서울의 여러 산을 겨우겨우 올라 다녔던 시간을 떠올려보면 정말 그래. 나는 진짜 등산을 싫어해서 네가 산행을 하자고 제안했을 때 매우 난감했어. 왜 산을 타자는 거야? 서울에는 예쁘고 아름다운 카페가 많고, 아케이드를 걸으면서 문명의 즐거움을 만끽하기만 해도 바쁜데. 우리는 합정동에 있는 작은 카페에서 브런치를 먹으며 잘 놀았는데.

도시에서 나고 자란 애가 갑자기 산에 가자고 하는 것도 신기했지. 어떤 심경의 변화일까? 생각해봤는데 도무지 모르겠더라. 그런데 나는 그냥 깡지 네가 그 특유의 허스키 보이스로, 저는 다른 사람 말고 선생님하고 꼭 산을 타고 싶어요! 라고 하고는 눈을 반짝이는 바람에…… 넘어갔다고나 해야 할까. 사실 산에서 축지법을 쓰는 걸로 유명한 나의 배우자가 산에 가자고 졸라도 문명의 바닥에 착 붙어 떨어지지 않던 나인데…… 왠지 산행 비전문가인 네가 가자고 하니까 용기도 나고, 그렇게 너한테 속아서…….

아무튼 그때부터 등산 가이드를 맡을 수밖에 없었던 나의 배우자(선배라고 할게)와, 너와, 내가, 서울의 산을 타기 시작했다는 슬픈 소식. 선배는 저 멀리, 이미 어딘가로 올라가서, 우리를 한참이나 내려다보고 있고, 우리는 헉헉대느라 정신 못 차리다가 알고 보니 정상이라는, 그런 패턴을 반복했던 산행.

그런데 나는 그때가 너무 좋았다. 아이스 아메리카노를 쪽쪽 빨아 먹으며 산을 오를 때 그 설렘. 시작은 좋은데 시간이 지날수록 너무 힘들어서 헉헉대며 후회하기도 했지. 그래도 땀을 식히는 바람과 바람에 부딪히던 나뭇잎들, 뜨거운 햇빛 사이로 쏟아져 들어오던 알 수 없는 빛의 결정체들, 투명한 공기, 나무의 깊고 큰 그늘이 나타나면 그것이 얼마나 큰 처소인지 새삼 느꼈던 순간들.

그리고 무엇보다 많은 이야기를 나누었잖아. 슬픔의 덩어리, 때가 잔뜩 껴서 너무 무거웠던 그 덩어리들이 사정없이 풀려나왔고…… 바람에 의해 떠밀려가 전부 휘발되어버리고 마는, 슬픔의 언어들. 전부 휘발되어서 더 좋았던 이야기들. 나보다 한참이나 어린 네가 내 마음대로 친구같이 느껴져서 격의 없이 이런저런 말을 꺼냈지. 즐거운 에피소드보다 괴로운 에피소드가 많아서 미안했지만.

나는 이 산행이 영원히 기억되리라는 예감이 들었어. 두 토커가 쏟아내는 말들 때문에 산은 괴로웠을지도 몰라. 그래도 산은 품이 넓고 깊어서 신비로운 기운을 우리에게 아낌없이 주었고, 우리의 내밀한 이야기들이 그 기운과 서로 섞여들었고. 모든 슬픔이 사라지고 다 괜찮아질 것만 같은 기분이 들었어.

우리가 알고 지낸 지 오래된 사이이긴 하지만 산행을 시작하면서 나는 너를 처음 알게 되었고, 그게 너였고, 그게 진짜 너라는 사실이 너무 좋았다.

1년 동안 서울 시내 산을 오르고 내려왔지. 하산하면 잊지 않고 막걸리도 한 잔씩 했는데. 그때 선배랑 너랑 나랑 셋이서 도란도란 나누었던 이야기도 좋았어. 내용은 기억 안 나지만 우리가 가족 같았지. 언제였더라, 안산에 올랐다가 내려와서 서대문 형무소에 들렀던 날 기억하니? 매표소 직원분이

네게 그랬잖아. 엄마 아빠가 젊으시네요, 라고. 그래서 내가 이모, 이모부예요! 라고 대답했던 거. 하하. 나는 그때서야 처음으로 서대문 형무소를 가보게 된 거야. 그것도 다 너와 등산을 했기 때문이잖아. 소소한 에피소드가 너무나 행복하게 느껴지누나.

 깡지 네가 제주도로 내려가서 우리의 산행도 멈추었지. 난 그 이후 산에 단 한 번도 가지 않았어. 선배와 한번쯤 가도 됐을 텐데. 이상하게 산행, 하면 네가 생각나니까.

제주도로 갔지만 심리적으로 더 가까워진 네가 추천을 해주었지. 우리 살아내는 것에 힘들어하지만 말고 상담을 받아보기로 해요! 라고. 나는 상담 받을 생각이 전혀 없었지만, 이제 너의 추종자가 되어버렸어. 네가 뭘 하자고 하면 함께 하리라 결심했지.

나 오늘 간다. 내 인생 첫 상담 받으러. 갔다 올게.

언제부터였을까요. 제 안의 모든 것이 엉켜 있다는 생각이 들었어요. 지금까지 저는 혼자서 그 엉킨 타래를 풀어왔어요. 그런데 저는 손이 무딘 편이라 타래를 풀다가 지쳐서 결국 화가 나는 상황까지 다다르면 타래의 한가운데를 괴팍하게 잘라버렸죠. 그렇게 조각 난 타래를 보면서 고개를 세차게 흔들고 뭉텅이들을 한구석에 밀어버렸습니다. 그렇게 방치된 타래가 다시 엉킨 걸까요.

그러던 와중에 아이를 낳았습니다. 사람이라뇨. 강아지 한 마리(게다가 저의 반려동물은 28kg의 큰 강아지잖아요!)도 감당이 안 되는데, 사람이라뇨. 육아는 성취의 영역이 아니더군요. 하나의 미션을 해결했다고 생각하면 다른 미션이 튀어나오고, 해결했다고 생각했던 미션이 아직 끝난 게 아니었고. 체력이 바닥났다고 느낀 순간 아, 정신력은 진작에 고갈되었었구나, 하고 깨닫게 되는 게 육아였습니다.

그럼에도 아이는 자라더군요. 제 아이는 생긴 것은 제 아빠를 꼭 닮았는데, 꼬물거릴 무렵부터, 이제 조금 인간처럼 행동하네? 라는 생각이 들 정도로 클 때까지의 모습을 보니 기질이 저를 닮아 있더군요. 저는 두려웠어요. 지금의 제 모습을 제 아이가 닮는다는 건…… 끔찍했어요. 어느 날 아이를 등에 업고 재우다가, 얼드려서 좌우로 아이를 흔들다가, 눈물이 터졌습니다. 저 혼자서는 엉킨 타래를 풀 수가 없었어요.

전문가의 도움을 받기로 결정한 건 아이의 영향이 컸습니다. 성장하고 있는 아이의 행동 하나하나는 저에게 시사하는 바가 컸어요. 아이를 바라보면서 생각했어요. 이 아이의 세계를 지켜야 한다, 그러려면 나는 나를 지켜야 한다. 나를 지키려면 말해야 한다. 나의 아픔을, 고통을, 나의 나약함과 추함을.

저는 이혼 가정에서, 편부 슬하에서 자랐지요. 다른 모든 사람의 유년과 꼭 같이 저의 유년 역시 아픔도 있고, 즐거움도 있는 날들이었습니다. 그러나 저는 부모의 외로움이 자식에게 미치는 영향을 누구보다 잘 알고 있어요. 외로운 사람은 누구에게도 자신의 고통을 말하지 못하는 사람이지요. 외로운 부모는 아이를 너무 일찍 어른으로 만들고, 아이로서 누릴 것을 충분히 누리지 못한 자식은 너무 오랜 시간 그리워하지 않아도 될 것을 그리워합니다. 그러다 너무 많은 것을 놓쳐버려요.

이렇게 쓰고 보니 꽤 비장한 것 같네요. 결국 저는 제 모습이 마음에 들지 않았다는 말이에요. 저는 저의 가장 큰 강점이었던 '자존감'을 잃은 상태였죠. 저는 깡지인데, 깡다구 하나로 지금까지 살아온 깡지인데 말이죠! 어느 순간 그런 깡지의 모습은 온데간데없고 만신창이가 된 강지혜만이 있었습니다. 요즘은 이걸 '번아웃'이라고 부른다죠.

아이가 자라는 걸 바라보면서, 저는 더욱 간절해졌어요. 내가 나를 사랑해야 해. 그래야 이 각박한 세상에서 버틸 수 있어. 왜 나는 나를 내버려두는 거야? 나마저 내가 볼품없어진 거야? 찬란하게 빛났던 나는 사라진 거야? 그런 모습이 아니면 나조차 나를 사랑할 수 없는 거야? 이것조차 강박이었다는 걸 그때는 몰랐어요.

그래서 저는 다른 사람의 도움을 받기로 했어요. 매뉴얼대로요. 스스로 해결할 수 없는 문제는 누군가의 도움을 받으면 되는 거잖아요. 아이는 자신이 해결하지 못한 문제에 봉착할 때 너무나 해맑게 저에게 도움을 요청합니다. "엄마, 이것 좀 도와줘."라고 말하죠. 그런 자신에 대해 부끄러워하지도, 비굴해하지도 않아요. 그 모습에서 용기를 얻었습니다.

함께 상담을 받자고 제안했던 것도 그런 연장선이었던 것 같아요. 함께 고통을 나누던 시절의 우리…… 그때의 모습이 그리웠어요. 제 마음을 언니에게 솔직하게 말하고 언니도 저에게 가감 없이 마음을 고백했던 순간의 우리. 그때만큼 든든했던 적이 없었거든요. 제가 좀 주제넘은 거 아닌가 생각도 했지만, 언니가 저의 제안을 흔쾌히 받아줘서 안심이 되었습니다. 우리가 다시 함께 걷게 된 걸까요?

그럼, 다녀올게요. 저의 첫 번째 상담.

우리가 서로에게 솔직했던 순간…… 그 순간은 정말 놀랍지. 너랑 나랑 세대를 뛰어넘어 온전히 마음을 나누었던 순간. 어떻게 그게 가능했을까? 가만히 생각해보면 우리가 아무리 세대가 다르고 나이 차가 많아도 여성의 삶에서 오는 공통점들이 있었기에 가능했던 것 같아.

나는 네 말을 하나하나 비수가 꽂히는 것처럼 들었어. 마음이 부서졌지. 너와 내가 십 년 넘게 차이가 나는데, 그 시간 동안 여성의 삶은 달라진 게 없구나. 이렇게 비슷하게 상처를 나눌 수밖에 없는 것이 너무 억울했어. 너는 다를 줄 알았는데. 내가 느낀 절망감은 나의 상처를 들여다볼 때보다 더욱 컸지. 반성도 했어. 내가 선배로서 뭘 했던 거지. 내가 살아남느라 바빠서, 무엇인가를 발전시키지 못했던 거야.

번아웃에 빠진 자신을 구해내고, 아이를 위해 자신을 단단하게 만드는 일에 용기를 낸 너를 보면서 나도 기운을 차렸지. 나에 대해서 진지하게 들여다보아야겠다고. 조금 다른 방식으로 살아가야겠다고.

깡지야,

사실 내 삶은 예상치 못한 곳으로 흘러가고 있어.

어린시절 나는 너무나 내성적이어서 동네 어른들에게 인사하는 것 말고는 잘하는 것이 없었지. 10대 시절에는 거친 일들이 내 주변을 맴돌고 있으리라고 전혀 예상하지 못했고. 그 시기에 나를 둘러싼 핏빛 우연들을 거부할 힘조차 갖고 있지 않았어.

평범한 학교 친구들, 친해지고 보니 상처가 많은 아이들이었지. 척박한 환경을 견뎌내는 아이들, 무엇이든 참아야만 사랑받는다고 믿던 아이들. 그리고 가족과 사회로부터 버림받았다는 인식 때문에 거친 방식으로 존재를 증명하려던 아이들. 우리는 조금씩 다 병들어 있었던 거 같아.

나는 우리가 붉은 수정구 안에 갇혀 있다고 생각했지. 병약하고 쓸쓸하고 악랄한 천사들은 나를 떠나지 않았어. 비교적 안정적인 분위기에서 살아가고 있는 나를 새로운 세계로 끌어내고 싶어서 안달들이었어. 내가 비교적 안정적이라고 생각했던 것도 친구들의 선입견이었을 거야. 내 마음은 언제나 불안과 긴장으로 터질 것 같았으니까. 그것을 아무도 모르고 있다는 공포감, 도와줄 사람이 없다는 막막함으로 매일매일 진땀을 흘려야 했으니까. 삼삼오오 뒷자리에 모여 앉아 하교 후에 뭘 할까 의논했고, 쓸데없는 정보를 주고받으면서 깔깔거렸어. 뒷자리로 모여드는 친구들 숫자가 많아질수록 서열이 생기고, 무리가 지어졌지. 나는 그때 이 좁고 작은 세계가 인정투쟁으로 번져가는 것을 보았지. 그 투쟁이 심해질수록 나는 불행해졌어. 폭발 직전의 불안감으로 점점 히스테릭해졌지.

결국 아무것도 아닌 오해가 생겼고, 우리는 서로를 원망하며 서로를 잊었어. 그때 우리는 서로에 대한 증오감으로 많은 거짓말을 만들어냈지. 내용은 기억나지 않아. 거짓말이라는 것을 알면서도 믿어버리는, 나약한 우리만 있었지. 서로를 증오하는 것이 더 쉬웠으니까. 그 모든 과정이 얼마나 큰 상처가 되었는지 그 감각만 기억나. 심장이 아주 잘게 찢어지는 느낌…….

나는 이런 이야기부터 하고 싶었어. 상담을 시작하면서 말야. 그런데 그러지 못했어. 나는 상담자에게 잘 보이고 싶었을 거야. 멋있는 척하고 싶었을 거야. 사실 나는 상처에 대해 잘 말하지 못해.

나는 나의 경력부터 말하기 시작했어. 이를테면 이런 나의 히스토리. 2000년에 문학동네로 등단했으니 벌써 등단 20주년이 되었고, 40대가 되었고. 그동안 출판사도 다녔고 박사 학위도 받았고 강의도 하고 시집 5권 내고 이런저런 산문집도 내고 결혼도 하고 나름대로 열심히 살았다는 말. (얼마 전에 어머니가 걱정스러운 말투로 "해놓은 것 없이 우리 딸이 늙어가네." 한탄하셨지만.) 살면서 많은 일들을 겪은 와중에 너처럼 시로 맺어진 인연들이 생겼다는 것이 더없이 소중하게 느껴져.

시인이 되었다는 것은 지금까지 갇혀 있던 수정구를 깨는 사건이었지. 나는 결정될 수 없는 또 다른 나와 타자에 대한 기록을 한 땀 한 땀 하고 있어. 나 자신과 타자를 향해, 무겁고 무거운 문장을 쓰기 시작한 거야. 어쩌면 텅 빈 기호를 향해.

나는 네게 이런 이야기를 하면서, 나 자신을 들여다보고 있어. 막막하고 두려운 것들로 가득 찬 내 안의 방. 그런데, 네가 그 방문을 자꾸 두드리고, 나와 보라고 말을 걸어. 너의 상처들을 끌어안은 채.

이영주

산책

나는 산책 중이다. 꿈속이라는 것을 알고 있다. 옅은 바람에 나를 맡긴 채 걷는다. 가구를 만드는 사람들이 잘린 나무 밑동에 앉아 있다. 사람들은 나무처럼 말이 없다. 톱을 내려놓고 입김을 불고 언 손을 녹이는 사람들. 그들은 무릎으로 떨어지는 빛이거나 어둠인 것을 바라본다.

나무는 어딘가로 걸어 들어간다. 지평선 너머로. 나는 차가워지는 무릎을 쓰다듬는다.

이곳에는 오래된 계단이 있다. 나선형의 계단. 언젠가 이 계단을 끝없이 걸어 이 세상 어디에도 없는 꼭대기에 닿으려는 사람을 보았지. 그 사람은 꿈에 자주 나온다. 꼭대기에 오른 사람. 꼭대기에서 가만히 앉아 있다가 떨어지는 사람. 추락조차 나선형으로 미끄러지는 사람. 그리워도 마주 볼 수 없는 사람.

몰래 혼자 쓴 문장들. 아무에게도 부치지 못한 문장들. 내 안에서 곪아가는 상처들. 편지는 버려지지 않는다. 버리지 못해서 버려지는 다른 것을 잔뜩 끌어안고 있다. 상자 안에서 편지는 자란다. 너에게 부친 적이 없으니 상자 안에서 편지가 늙어간다.

그동안 나는 몰래 써온 문장처럼 되어가고 있다고 생각했다. 상처라고 생각해서 썼는데, 쓰는 순간 더 깊은 비밀이 생겼지. 멈출 수가 없었지. 이 비밀은 목적이 있어야만 할까. 이것이 비밀이긴 한 걸까. 목적 없는 문장처럼, 다만 미끄러질수록 아름다워지는 문장처럼, 천천히 비밀이 쌓여간다면 나는 사라지고…… 너는 계속해서 상처받고 꼭대기에서 떨어진다.

나는 어느새 문 앞에 서 있다. 어디론가 가야 하는데. 그 사람은 누굴까. 그 사람은 나일까. 너는 나일까. 꿈속을 산책하다가 알 수 없는 밑으로 떨어지고, 온몸이 부서진 채 푸른 숲으로 번져갈 때 내가 만난 것은 빛이거나 어둠이거나. 그 틈에 조금 다른 것이 있지 않을까?

가구를 만드는 사람들이 나무가 되어 있는 풍경. 그들이 공장 앞에 벗어둔 털옷 내부가 텅 비어 있는 풍경. 계단이 무너져 있는 풍경. 텅 빈 털옷이 바람을 입고 숲속으로 혼자 걸어가는 풍경. 공장은 어둡고. 장갑이 떨어져 있다. 공장 너머의 숲. 숲에서 나지막한 휘파람이 흐른다. 홀로 너무 깊숙이 들어와 돌아나갈 수 없는 사냥꾼처럼, 부드럽게 어린 뼈를 밟고. 마음이 부서진 사냥꾼처럼, 쓸쓸하고 막막한 숲.

나는 걷고, 사람들을 만나지만, 사람들은 끝내 사라지고야 만다. 나무는 홀로 걷고, 어딘가로 들어간다. 무언가를 말하고 싶었는데, 모두가 사라진다. 그것은 말해져야 할까, 말해지지 말아야 할까. 나는 겨울이면 이 꿈을 자주 꾼다. 홀로 남은 꿈속을 빠져나오려고 무언가를 쓴다. 쓸 때마다 식은땀이 흐른다.

2

관계:

나는
왜 이렇게
관계에
신경 쓰지?

나를 전시하는 일

깡지야.

처음 보는 사람 앞에서 나에 대해 이야기했어. 상담 선생님은 집중하고 있어. 그녀는 나를 봐. 그녀가 눈빛을 반짝여. 내 느낌일 뿐일지도 모르지. 내가 하는 이야기, 나에 대한 산만하고 난삽하고 그저 그런 이야기, 뭐 할 게 있나 하는 이야기들. 내가 내 안에 빠져 허우적대는 이야기. 헛기침하며, "선생님 이것은 전적으로 제 관점에서 하는 이야기예요"라고 변명하며 일방적으로 내 억울함과 분노를 토로하는 이야기. 진창 같은 이야기에 그녀는 집중한다. 그녀는 말을 하면 할수록 진창 속으로 더 빨려 들어가는, 거지 같은 이야기를 하는 나를 보지. 나는 자꾸만 무너지는 기분이 드는데, 발이 뭉툭하게 굳어가는 기분이 드는데, 그 발마저 시멘트 바닥에 파묻혀 빼낼 수 없는 기분이 드는데, 그녀는 눈빛을 반짝이고 있어. 젠장, 이게 뭐냐. 나 뭐라는 거야.

자신이 있었어. 나는 꾸준하게 정신분석을 공부 중이고 애도와 우울증 관련 부분은 논문에도 써먹었어. 나는 히스테릭 쪽에 가깝고 상태가 나쁘지 않은 편일 거야. 나는 나의 무의식을 비교적 잘 돌보고 있다고(무의식이 돌보아지는 것이던가?). 나는 문제를 인지하고 고치려고 노력하는 사람. 가장 친한 친구가 말해주기도 했지. 너는 비교적 건강한 마인드를 가진 녀석이야, 라고.

그런데 나는 지금 약장수처럼 나에 대해 떠벌리고 있어. 떠벌리는 것만이 만병통치약인 것처럼 매우 흥분하고 있는 거지. 나의 텐션은 지금 이 상담소를 들어서 저 멀리 던져버리고 있어……. 나는 나의 상처를 전시하는 일에 쾌락을 느끼고 있는 걸까.

"선생님 혹시 지금 흥분하여 마구 쏟아내는 제 말이 너무 당황스러우시다면……."

그녀가 대답한다.

"대부분 내담자가 다 그렇게 합니다. 걱정마세요."

그런 나를 발견하고 상담소를 나왔는데. 그것이 너무 수치스러워서 견딜 수가 없었어. 나의 내부를 다 까발려서 보여주는 일에 쾌락을 느끼고 있고, 그 시간을 즐기고 있다는 것. 잘못된 일은 아니지만, 점잖게 나를 표현하려 했던 애초의 결심은 자리에 앉자마자 사라진 거야. 시장통의 상인처럼, 나를 합리화하는 이야기를 신나게 팔고 있었어.

그런데, 그러면 안 되는 걸까. 나는 이제 겨우 0.0000000001% 말하기 시작한 거 같은데.

상담 끝나고 초코바를 먹었어. 온몸이 덜덜 떨렸거든.

늘 심리 상담에 대해 호기심과 필요를 느끼고 있었지만 상담을 시작하는 것 자체가 어려운 일이라고 생각했었는데 드디어 내담자의 자리에 앉게 되었네요. 코로나 바이러스 때문에 마스크를 쓰고 상담을 하게 되었는데, 그게 오히려 잘 되었다고 느꼈어요. 말을 뱉어내는 제 표정이 어떨지 알 수가 없어서 조금 부담스러웠거든요. 처음 만나는 상대에게 현재 제가 느끼는 불안과 분노를 털어놓자니 어색하지 않을까 걱정했는데, 마스크로 얼굴을 가리고 있으니 오히려 편안한 마음이 들었답니다. 마스크 덕을 보게 되다니, 인생이란 늘 이렇게 알 수 없는 일들로 가득한 걸까요.

저 역시 마찬가지였어요. 제가 가진 아픔에 대해서 말하다 보니까, 제가 가진 것을 내보여야 한다는 생각이 자꾸 들어서요. 제가 가진 재능, 가치 같은 것들을 말할 때처럼 아픔과 고통에 대해서도 죽 늘어놓게 되더라고요. 이건 우리가 상처를 가지고 글을 쓰는 사람들이라 그런 걸까요? 아니면 다른 사람들도 이 자리에 앉으면 다 이렇게 말하게 되는 걸까요?

제 상처에 대한 이야기를 하면서 느꼈는데요. 저는 왜 이렇게 기억을 잘하는 걸까요. 좋은 일은 물론이고 나쁜 일이라면 더더욱. 그 일이 일어났던 순간의 모든 것을 다 기억하고 있어요. 이건 지능 문제라기보단 심리적인 문제인 것 같은데 말이죠. 어떤 기억에 대해 말하면서 제가 너무 디테일한 걸 채우려고 하는 느낌이 들었어요. 마치 묘사를 하듯, 사진을 찍듯 그 순간을 복기해내면서 심지어 어떤 기억은 시간이 가면 갈수록 더 풍부해지는 것 같아요. 언니도 그런가요? 만일 그렇다면 이게 정말 우리가 글을 쓰는 사람들이라 그런 걸까요. 그렇다면 이건 저주일까요, 축복일까요. 이런 저의 기능(?)에 대해 축복이라고 생각하는 편이었는데요. 요즘은 잘 모르겠어요. 그나마 좀 알겠는건, 그 어떤 재능도 영원히 축복일 수 없고 영원히 저주일 수 없다는 거예요. 축복이던 재능이 저주가 되는 순간도 있고, 저주였던 부분이 축복처럼 느껴지는 때도 있다는 거겠죠. 다 잊고 살 수 있으면 좋겠어요.

저도 첫 번째 상담이 끝나고 나서 아이스크림을 먹었어요. 원래도 단것을 자주 먹는 편이지만 한바탕 울고 나니 달고 차가운 게 당겼어요. 초콜릿, 초코크런치, 초코볼, 초코시럽이 범벅이 된 것으로요. 이 달콤함이 입에서 사라지는 것처럼 아픈 게 다 사라질 수 있다면 얼마나 좋을까요.

너는 마스크를 쓰고 상담을 했구나! 나는 마스크를 쓰고 가서, 말할 때는 벗었거든. 그러니 내 표정에 신경을 쓰고, 상담 선생님의 표정도 살피고. 잡념이 생겼지. 마스크라는 저주가 축복이 되는 아이디어를 적극 활용해야겠다.

네 말대로 나쁜 기억조차도 더욱 풍부해지는, 묘사에 대한 강박이 우리를 토커로 만든 것은 아닐까 생각하니 너무 재미있어서 한참을 웃었어. 웃을 일이 아닌데. 그러한 축복이자 저주의 재능이 양날의 검처럼 작용하는 것, 그것이 시인의 운명이기도 한 건가. 시인이 아니어도 예민한 사람들은 어쩔 수가 없지. 작고 사소한 것들도 그냥 넘어갈 수가 없고, 그것이 더께가 쌓여서 어찌할 수 없는 산을 만들어버리지. 그래서 쓰지 않고는 견딜 수 없게 되는 걸까.

오늘은 친구 A의 이야기를 했어. 원래는 아버지 이야기를 하고 싶었지. 너도 알지? 우리의 아버지들은 참으로 많은 모순이 있어. 그런데 그 이야기는 꺼내지도 못했어. A는 갑자기 연락을 끊어버렸어. 왜일까. 내 의도를 오해하고 본의를 외면하고. 오해가 아니었을지도 몰라. 내 마음을 알지만, 자신을 지키기 위해 그랬을지도. 그런데 무엇으로부터? 내가 A의 입장이 아니어서인지 잘 모르겠어.

상담 선생님은 큰 눈으로 나를 다정하게 바라봐. 나를 집중해서 봐주는 것만으로도 위로받는 기분이 들어. 참 신기하지. 나는 상대방의 눈을 보면서 이야기하는 것을 좋아하는데, 대체로 끝까지 서로 마주 보는 경우가 없더라고. 너무 오랜 시간 마주 보면 좀 지치는 감이 있잖아. 그런데 그녀는 한 시간 내내 지치지 않고 내 눈을 보네. 내가 또 흥분하여(절대로 흥분 안 하려고 했는데!) 얼마 전 어긋난 A의 이야기부터 예전 친구 이야기까지 랩처럼 쏟아내는 동안, 그녀는 나에게 이렇게 묻곤 했어.

"그때 어떤 감정이 들었어요?"

그런 질문이 조금 당황스러웠어. 아무도 내 감정 같은 것에는 관심이 없었거든. 듣는 사람들은 기분 나빴겠지, 하고 추측하며 넘어가는 경우가 대부분이니까. '네가 왜 상처받았는지는 알겠지만'이라는 문장이 괄호 안에 들어가 있었겠지. 나의 감정보다 상대방의 감정을 추측하고 헤아려 나에게 전달해주는 사람이 많았어. 그 애는 이런 심정일 거야, 그럴 수 있어, 그러니 네가 기다려줘. 살아오면서 그런 말은 수도 없이 들었어. 그때 너 기분이 어땠어? 너 기분 나빴겠다, 너 상처 받았겠다, 이런 말들은 애초부터 생략되어 있었지. 그런 생략은 마치 당연한 것처럼.

그런데 내가 듣고 싶었던 말은 그것이 아니었을까? 감정에 대한 공감. 얼마나 기분 나빴겠니. 듣는 나도 이렇게 기분 나쁜데, 라는 공감. 그러나 대부분 사람은 상대방의 입장을 헤아려주는 것이 성숙하다고 생각해. 약간의 우월감으로 조언을 해주는 일에 쾌감도 있겠지. '나도 알아. 네게 그런 말을 듣고 싶은 게 아니야'라는 말을 속으로만 했어. 내 상처를 들어주고 알아봐주길 원했지만, 상대방의 입장을 설명해주려는 사람들과 나는 계속 있었던 거야.

나는 저 질문을 받고 흔들렸어. 혹시나 울게 될까 싶어 하하하 과장하며 크게 웃었어.

"배신당한 기분이 들었어요. 저의 입장이니까 오해가 있을 수 있지만, 저는 A가 큰 좌절들을 여과 없이 토로하며 저를 감정 쓰레기통으로 여기던 시기를, 친구니까 참고 견뎠거든요. 사실 그때 너무 힘들었고…… 듣기 힘든 소리를 들으며 공감해주고 그것에 대해 일일이 대꾸해줘야만 하는 일이 저 자신을 너무 망가뜨린다는 생각이 들었습니다. 얘기를 들어주고 호응해주는 일만으로도 이렇게 힘이 드는데, 당사자인 A는 얼마나 힘이 들까 싶어 참았어요. 그런데 A가 자신의 고통 때문에 또다시 저를 짓밟는다는 생각이 들었습니다. 배신감과 모욕감이 들어 힘들었습니다. 그런데 이제는 괜찮아요. 잊었거든요! 하하하!"

분명히 웃었는데, 눈물이 흘렀어. 그래서 나는 더 크게 웃었지. 하하하!

"제 입장이니까 오해가 있을 수 있어요."

다시 덧붙이는 내게 그녀는 말했어.

"그 설명은 이제 안 하셔도 됩니다."

친구라는 놀랍고 기쁘고 소중하고 아픈 관계는 뭘까. 맺어지기는 힘들어도 깨지기는 쉬운 유리 같은 관계. 유리창을 사이에 두고 서로를 들여다보고 호출하고, 밀어내버리는 관계. 내 심장과 다를 바 없는데, 어느 순간 서로 그 심장을 찔러버리는 관계. 우리는 여전히 붉은 수정구 안에 갇혀 있는 걸까. 우리를 가둔 수정구를 깨버리는 것만이 정답일까. 적당한 거리를 두고 언제든 모르는 사람이 될 수 있다는 운명을 감수해야만 하는 것.

"그때 어떤 감정이 들었어요?"

저도 이 질문을 받고 허를 찔렸다고 생각했어요. 상처를 받은 순간에 대한 기억, 그 시간의 모든 것을 기억한다고 생각했는데 정작 제 감정에 대해선 생각해본 적이 없었어요. 기분 나빴다. 수치스러웠다. 상대방을 죽이고 싶을 정도로 화가 났다. 슬펐다. 기뻤다. 어쩔 줄을 몰라 당황스러웠다. 바보가 된 것같이 멍했다. 이런 감정들 말이에요. 그저 그 순간을 사진처럼 찍어두고 그걸 끊임없이 들춰보기만 했던 것 같아요. 최대한 감정 없는 얼굴로. 몇 번이고 반복해서. 그 사진을 보는 거죠. 그렇게 반복하는 게 제 영혼을 상하게 한다는 것도 모르고요. 마음이 불편한 장면은 보지 않을 수도 있어야 하는데. 왜 자꾸 그 사진을 반복해서 보는지 모르겠어요. 그걸 들춰봐야만 하는 이유가 있겠죠? 자꾸 꺼내게 되는 이유가…….

인간은 어쩔 수 없이 누군가와 함께 살아가야 하는 거잖아요. 가족, 친구, 동료. 그게 누가 됐든 누군가와는 함께 살아가야 하는데. 그 자명한 이치가 부담이 될 때가 많아요. 저는 이 부담을 주는 존재가 주로 가족이네요. 어릴 땐 아버지와 함께 있는 게 힘들었고, 지금은 남편과 함께 하는 게 어렵고……. 친구가 맺어지기 힘들고 깨지는 건 쉬운 유리같은 관계라면, 가족은 맺어질 때부터 너무 끈끈히 붙어 있어서 적당한 거리를 유지하려면 사력을 다해 떨어트려야 하는, 늪 같은 관계일까요? 관습적인 이미지처럼 '늪'은 과연 나쁘기만 한 걸까요? 늪에도 분명 아름다운 생태가, 놀라운 식생이 존재하는데 말이죠.

저는 봄이 충만해지면 늘 조증을 겪곤 했어요. 몇십 분 정도 걷다보면 살짝 땀이 나는, 기분 좋은 바람이 불면 그 땀이 식어가는, 문득 어딘지 모를 방향에서 꽃향기가 흘러오는, 그런 봄날이면 가슴이 두근거렸어요. 봄에 오는 이 조증은 연애감정 같은 거였어요. 누군가와 마구마구 사랑에 빠지고 싶은 기분, 밤새 통화하고, 만나기만 하면 손이며 어깨를 더듬고 싶은 마음. 떨리는 상대방의 손을, 더 떨리는 제가 잡고, 마주 보지 못하고 애먼 하늘만 보며 미소 짓는 날들. 그런 마음 말이에요. 어느 날 그런 마음이 들면, "아, 올해도 봄이 왔구나." 싶을 정도였죠. 그런데 언제부터일까요? 계절이 바뀌어도 조증이 오질 않더라고요. 어떤 것에도 설레지 않고, 사랑이 다 무슨 소용일까 싶고요. 특히 이성애적 사랑은 상상하기조차 싫어졌어요. 그 조증이 오지 않은 지 꽤 되었다는 것도 최근에서야 깨달았어요.

상담을 시작하고 얼마 되지 않아서 정말 오랜만에 남편에게 제 속마음을 이야기하게 되었어요. 원래는 그런 말을 할 생각이 전혀 없었는데 남편이 저에 대한 큰 오해를 하고 있어서, 그것을 바로 잡고 싶었습니다. 얼마 전에 남편이 가계 경제에 큰 타격을 주는 잘못을 저질렀거든요. 그런데 그것 때문에 제가 자기를 억압하고 있다고 하더라고요. 그 말을 들으니 숨이 턱 막혔어요. 사실 저와 남편의 사이가 틀어진 것은 제주도에 와서 남편과 함께 일을 하면서부터였어요. 그리고 상황이 많이 악화된 건 제가 임신을 하고 아이를 낳고 아이가 두 돌 정도가 되는 동안의 꽤 긴 시간이었거든요. 그 시간 동안 제가 얼마나 많은 상처를 받았는데, 고작 경제적인 타격 때문에 제가 남편을 억압하고 있다뇨? 우리 관계가 언제부터 망가지기 시작한 건지 저는 너무 잘 알고 있는데 그걸 어떻게 남편에게 설명해야 할지 막막하더라고요. 여러 가지 생각과 단어가 머릿속에 떠올랐지만, "너 요즘 내가 왜 상담받는지 알아?"라고 말문을 열었습니다.

얼마나 이야기를 했을까요. 말을 하고 나니 시원한 것도 있었지만 여전히 좁혀지지 않는 차이 때문에 더욱 화가 나는 것도 많았습니다. 그렇지만 최대한 담담하게, 감정적이지 않게 대처하려고 했어요. 지금껏 제가 상처받은 모든 것에 대해 이야기하진 못했지만, 카테고리 정도는 일러두었습니다. 네, 저는 남편에게 받은 상처를 카테고리별로 정리해놓았어요. 이런 제가 저도 싫지만……. 저 역시 참 스스로에게 가학적인 인간임이 분명해요. 어쨌든, 제 이야기의 핵심은 '너의 자기중심적인 태도는 반드시 고쳐야 한다. 왜냐하면 너는 지금 우리 딸의 아버지로서 역할을 해야 할 시기이기 때문이다. 지금처럼 네 멋대로 산다면 우리의 관계뿐만 아니라 우리 딸의 인격 형성에도 문제가 생길 수 있다'는 것이었죠. 저와 남편이 진지한 대화를 하는 것 자체가 정말 오랜만이었어요. 남편은 우리 사이에 있는 문제에 대해서 얼마나 파악했을까요? 남편과 제 사이에 다시 평온이 찾아올 수 있을까요. 평온이라는 말은 참 달콤하고, 추상적인 말이네요. 이 말에 기대도 될까요.

“네, 저는 남편에게 받은 상처를 카테고리별로 정리해놓았어요. 이런 제가 저도 싫지만……” 깡지야, 내가 정말 이러면 안 되는데…… 나는 이 부분을 읽고 빵 터졌어. 너무나 귀여운 복수의 시작이라는 생각이 드는 거야. 아무 대가 없는 복수심, 오로지 자기 마음을 위로하기 위한 복수심을 불태울 때, 우리는 냉정한 척 이성적인 행위를 하잖아. 그러다가 소심한 공상으로 끝나는 경우가 대부분이지. 누군가를 미워하는 일은 너무나 많은 에너지가 들어가기 때문에 쉽지 않은 것 같아. 스스로 보호하려는 마음일까? 그냥 자신도 모르게 잊고 살게 되지.

그런데 그 대상이 가족이라면 상황은 달라지겠지. 그래서 네가 적극적으로 남편과 대화를 시도하는 것은 정말 필요하다는 생각이 든다. 남편에게도 기회를 줄 수 있고, 무엇보다 너 자신에게 진지한 기회를 주는 것이니까.

사실 나도 나만의 살생부가 있어. 누구한테 무엇 때문에 서운했는지 자세하게 적어놓았지. 그런데 그걸 다시 보지는 않아. 적어놓는 행위만으로 무언가 정리가 되고 마음이 홀가분해지는 기분이 들어(뭐든지 써야만 하는 기록중독자인가). 나중에 그것을 들춰보며 복수를 할 수 있을까. 얼굴을 그려놓고 볼펜으로 마구 찌르는 거? 그 사람이 인사를 하면 모른 척하는 거? 비슷한 방식으로 괴롭혀주는 거? 기타 등등. 그렇지만 우리는 결국 소중한 관계가 아니면 다 잊게 되는 것 같아. 인간에게는 망각이라는 훌륭한 방어기제가 있으니까. 물론 이것도 양날의 검이긴 하지만.

심리 검사지를 통한 결과가 나왔네.

이것은 심리의 부분일 뿐이야. 나를 설명하는 유일한 도구가 아니지. 나를 설명하는 전체도 아니고. 내가 가진 심리의 일부분.

사람들에 대한 양가감정.

사람들을 너무나 싫어하고,

한편으로는 사랑하고 사랑받기를 원하는 것.

관계 안에서 갈등이 일어났을 때 주로 감정을 억압 혹은 억제를 하는 편이고, 이때 자신의 감정이나 생각을 표현하는 것에 다소간의 어려움이 있을 것으로 보인다. 이렇게 되면 부정적인 감정이 내적으로 쌓이게 되고, 이 감정에 대한 해소는 우회적인 여러 가지 방식-신체화(고통이 몸의 통증으로 나타난다), 수동공격(말을 세게 하지만 진짜 상처받은 부분에 대해서는 전혀 말하지 못한다. 그래서 우회적으로 표현하는데, 이것이 공격적으로 느껴져서 사람들이 불편해할 수 있다), 기타 다른 증상들로 표출된다.

내가 가진 하나의 심연에 대해 오늘 확인했어. 이런 부분이 있구나. 선생님은 나를 이렇게 분석했구나. 그런데 진짜 이게 나일까? 이 결과는 나에 대해 말해주는데, 타인의 이야기를 듣는 것만 같았어. 이건 누구의 이야기일까.

내게 주어진 미션은 이것이야. 양가성의 내적 통합.

집으로 돌아오면서 빵집에 들렀어. 창가에 앉아서 멍하니 있었지. 그리고 너를 떠올리며 초코 시럽을 부어서 더 진하게, 초코바 한 개를 아주 오랫동안 먹었어. 끙끙거리면서.

저는 주로 아이를 어린이집에 보내놓고 오전에 상담을 받는데요. 오전부터 줄줄 울고 나면 종일 두통에 시달려요. 상담이라는 게 원래 이렇게 힘든 게 맞는 거겠죠? 언니가 상담을 하면서 자꾸 어려운 기분이 들고, 말린다는 생각이 드는 것처럼 저 역시 상담을 하면서 묘한 기분이 들어요. 누군가에게 내 속마음을 말한다는 해방감이 드는 동시에 아주 내밀한 부분까지 밖으로 꺼내야 한다는 것 때문에 두렵고, 계속해서 '이런 말까지 해도 되나?' '내가 정말 이런 생각까지 하고 있었나?' 같은, 스스로를 검열하는 느낌이 들어요. 손가락을 넣어서 토하는 기분이에요. 소화되지 못한 것들을 게워내어 시원하면서도 위액 때문에 식도가 타들어가고, 토사물의 역겨운 냄새가 입과 코에서 진동하는 그런 느낌이에요.

고통의 신체화에 대해 생각해보았어요. 저 역시 임신 기간 동안 자존감이 사라지면서 끊임없이 고통이 신체화되는 경험을 했어요. 저는 임신이 정말 지옥 같았거든요. 먹는 입덧(위장이 비면 구토가 나오는 입덧의 한 증상이에요.)이 심했고 그러다 보니 평소보다 과하게 음식을 섭취했고, 부종도 엄청났고요. 제 몸은 계속 불어나는데 아기는 보통의 태아보다 작고, 역아고, 양수도 부족했어요. 저에게 임신은 축복이 아니었어요. 아기가 생긴다는 자체는 기뻤지만 제 몸의 변화는 그 어떤 것도 기쁘지 않았어요. 하필 그 기간 저는 남편이랑 사이가 좋지 못했고, 남편을 비롯해 저조차도 제 몸의 변화에 대해 긍정적인 말을 한마디도 하지 않았어요. 그저 검고 거대한 아기 주머니가 되어가는 기분이었어요. (실제로 임신하면 호르몬이 분비되는 림프선 주변에, 그러니까 목, 겨드랑이, 사타구니 등에 임신선이라는 검은 줄이 생기는데요. 으아, 진짜 꼴 보기 싫어요.)

사랑받지 못한다. 거부당하고 있다는 감정은 인간을 좀먹죠. 언니는 친구들에게서, 저는 가족에게서 그런 감정을 느꼈네요. 한동안 사람들이 많이 썼던 말 중에 '암 걸릴 것 같다'는 말이 있잖아요(지금은 이 말이 혐오의 표현이라 쓰지 않고 있지만 한때 정말 많이 썼던 말이에요). 속이 뒤집어질 것 같이 고통스러운데 그런 상황이 계속되고, 그 사람 때문에 답답해서 미치고 팔짝 뛸 것 같은데 그 사람과 계속해서 함께 해야 하는. 그래서 그 답답함이, 끝내 내 몸에 나쁜 종양을 만들어버릴지도 모른다는 두려움이 반영된 말이죠. 고통이 신체화되는 여실한 과정이죠. 하필 그런 걸 임신 기간에 느껴서……. 저는 남들이 한다는 그 흔한 태교, 태담 한번 해보지 않았어요. 배 속에 아이에게 따뜻한 목소리로 말 걸어줄 마음의 여유가 제겐 없었어요. 임신 기간 내내 저는 벼랑 끝에 서 있었어요. 한 발짝만 더 걸으면 바로 곤두박질쳐서 머리부터 깨 부서질 것 같았어요. 실은 그렇게 되길 바라기도 했어요. 이 고통이 끝나주기만 한다면……. 제 배 속에서 그 모든 감정을 다 느꼈을 텐데, 그런데도 건강하게 태어나준 딸에게 얼마나 고마운지요. 제 아이는 저보다 강한 친구임이 분명해요.

임신에서 출산까지의 과정이 고통의 신체화와 관련이 있다니…… 나는 네 이야기를 듣고 너무나 놀랐어. 나는 아이를 가진 적이 없고, 내 친구들은 이미 아이가 대학에 가려고 하니까…… 그런 이야기를 들어본 적이 거의 없었거든. 그 시간 동안 너는 얼마나 힘들었니. 그런 신체의 변화를 어떤 마음으로 견뎠던 거니. 상상만 해도 너무 힘들다.

임신과 출산 과정의 모든 것이 신비로운 경험으로 남게 되리라고 사람들은 말하지만 그렇게 미화시키기만 할 일인가 싶다. 임신과 출산의 고통이 어떻게 우리의 몸을 강타하는지 정확하게 알려주고, 그 고통을 함께 살펴주는 게 맞지 않을까. 모성이라는 이름 아래 신체의 분명한 고통조차 개인의 책임으로 떠넘기는 것. 그것이 너무 아프다. 여성을 한 존재로 인정하기보다 일종의 도구로 취급하고 있는 것은 아닐까.

"일주일 동안 어떠셨어요?"

선생님이 상담의 시작을 알리는 저 문장을 던졌을 때, 나는 농담처럼 아무렇지도 않은 척 대답했어.

"주변인들이 제가 상담받는 것을 알고 있는 것인지, 고통스러운 서사와 에피소드를 계속 제공하네요. 하하하! A의 일방적인 판단과 비난에 이어, 자신의 고통에 빠진 B의 오해와 분노, 흥분……. 한 달도 안 되어서 소중한 관계들이 산산조각이 나고 있어요. 삶은 겹경사 아니면 줄초상이라고들 하죠. 겹경사는 일어나본 적 없어서 모르겠지만, 줄초상은 분명 맞는 거 같아요."

나는 며칠 동안 매우 흥분했지. 나의 정확한 뜻은 관심 없고, 자기 고통 때문에, 친구들이여…… 나에게 그 못남을 던지지 마…… 라고 중얼거리면서…… 어지럼증. 구역감.

또 다른 친구가 나에게 말했지. "너의 주변에는 시간이 지날수록 자연스럽게 성장하는 사람들이 아니라 급격하게 퇴행하는 사람들밖에 없는 것 같아. 그 사이에서 흔들리지 않으려고 애쓰는 네가 안타깝다."

나는 한동안 충격 속에 빠져 있었어. 그 말이 더 아팠지. 분명히 나를 안쓰럽게 생각해서 한 말이었겠지만, 성장과 퇴행이라니. 앞으로 나아갈 필요는 없지만, 망가지면 안 되잖아. 그런데 혹시 우리(나를 떠났어도 여전히 우리라고 부르고 있다)는 망가지고 있는 건가. 인간은 성장과 퇴행을 반복하지만, 그것이 나이와는 상관없는 건가.

선생님에게 이런 말들을 했어. 그녀는 퇴행, 이라고 볼 수는 없다고 정정해주었단다. 다만 내가 깊은 관계를 맺고 있고, 그것으로 너무 큰 고통 속에 던져져 있는 건 분명하다고. "너무 깊게 다가가면 파멸을 보게 될 거야". 나는 시에 이런 구절을 쓴 적이 있는데, 혹시 알고 있었을까? 내가 너무 극단적인 관계를 맺고 있다는 걸 너무 깊거나 너무 멀거나…… 이런 관계만 맺고 있다고. 지금 저 구절이 떠오르는 걸 보면, 내가 그 사실을 알면서도 외면해왔던 건가 싶었지. 어쩌면 가장 두려웠던 것은 깊은 연결감을 못 느끼게 되는 상황이었을지도. 표면적이고 단순한 관계만 남는다는 것. 그것에 대한 공포.

선생님은 앞으로 관계 패턴을 더 자세하게 들여다보고 하나씩 문제를 해결해나가면 된다고 했어. 그런데 깡지야…… 나는 나를 둘러싸고 있는 타자들과의 관계를 더 자세하게 들여다봐야 하는 새로운 고통이 시작되고 있음을 느껴. 결국 과거의 시간을 마주해야 하는 거겠지. 즐거울까? 나는 불길한

예감이 들어. 너한테도 언젠가 말했지만 나는 과거를 불태우고 싶은 사람이야. 내가 그 불길 속에 있게 될 시간이 다가오고 있어. 나는 벌써 재만 남은 사람이 되었어.

타자와의 관계 회복을 위해 바라보아야만 하는 관계 때문에 재가 되어버린다는 것은……. 정말 슬퍼요. 언니가 느끼고 있는 감정을 저 역시 느끼고 있어요. 이미 재가 되어버렸는데, 뭘 해결할 수 있을까요. 좌절과 희망은 정말 한배를 타고 있는 걸까요. 저에겐 좌절과 희망이 마치 다른 대륙에 있는 것처럼 느껴져요. 그런데도 상담을 이어가는 동안 여러 가지 시도를 해야겠죠. 가족이라는 건 늪이잖아요. 내가 살아가야 하는 늪.

제게 생긴 한 가지 변화는 상담하는 시간을 기다리게 되었다는 거예요. 지금도 내 속을 다 비쳐 보이는 것에 대한 불편이 완전히 사라진 건 아니지만, 어쩌면 더 깊은 이야기를 할 수록 그 불편함이 더 강해질지도 모르지만. 그래도 상담을 하는 한 시간 동안 오롯이 내 이야기만 할 수 있다는 게 큰 위안이 되네요. 해결되는 건 하나도 없는 것 같지만요. 남편과 이야기를 한 뒤로 서로 조금씩 조심하고 있는 분위기지만 그렇다고 편안한 마음이 되진 않네요. 타자와 완벽한 합일을 이룬다는 것 자체가 말도 안 되는 소리겠죠. 그 어떤 타자와도 그저 평행선일 뿐이겠죠. 그래도 그 평행선을 바라보는 게 조금 편할 수는 있는 거잖아요. 언제까지고 화난 표정으로, 인상을 찌푸리고 바라보는 건 저 스스로 지치는 일일 테니까요. 그거야말로 재가 되는 일이겠죠.

언니와 저, 우리 둘 다 재가 되고 있네요. 재는 정말이지 연약해 보이던데……. 이렇게 연약한 우리가 무얼 할 수 있을까요?

타자와의 평행선을 바라보는 게 조금 편해질 수 있다면…… 이라는 너의 말에 백만 배 공감하고 싶은 날들이다. 우리가 많은 것을 바라지는 않는데 말이야. 육아에 지치고 네 파트너와의 갈등 때문에 몰래 울고 있지나 않은지 걱정했는데, 네가 그에게 이야기했다는 것에 박수치고 싶어. 이제 시작 아닐까? 건강한 관계를 회복하기 위한 첫걸음을 뗀 것.

나는 많다면 많은 일이 있었고, 아무 일도 없다면 아무 일도 없는 일주일이었어. A의 문제도, B의 문제도 다 부질없게 느껴졌지. 홀로 있을 때면 간헐적으로 그 사건들에 대한 상념 때문에 괴로웠지만, 어느 순간부터 급격하게 마음이 식어버렸단다.

적당한 거리가 있는 사람과 즐거운 시간을 보내고 나서, 그것이 얼마나 평화로운지 깨달았지. 나는 이미 마음을 결정해 버렸어. 어긋난 관계에 대한 고민이여, 이제는 내 삶에 들어오지 마라. 나는 냉동인간처럼 마음이 차갑게 식어버렸어.

언젠가 서로 오해를 풀거나 마음이 조금씩 나아지면 다시 좋은 얼굴로 보게 될 거야, 라는 막연하고 기만적인 희망은 필요 없어. 관계를 회복하려고 내가 애쓰는 시간의 한계치는 정해져 있을 테니까. 그 순간이 지나가면 모든 것은 끝. 그리고 나는 그 한계에 도달했어. (아마 방어기제가 아닐까 생각하고 있지만.)

선생님은 내 말을 듣고 매우 놀랐어.

"한 달 조금 지났는데 벌써 그런 결정을 하셨나요?"라고 물으며 눈을 크게 떴지. 그렇게 빨리 결정 날 사항들이 아닐 텐데요. 만일 그렇다면, 그동안 그 친구들에게 쌓인 것이 있을 겁니다. 그것이 억압되어 있다가 이번 일을 계기로 터져 나오게 되었을 거예요."

그런가? 하고픈 말들을 제때 풀지 못하는 것은 맞아. 상대방이 당황하거나 서운해할 수 있고, 서로 불편해지고, 그렇게 상대를 잃을까 두려우니까.

깡지야. 여기까지 생각이 이르자 다 귀찮아졌어. 내가 왜 이런 감정 낭비를 하고 있나. 다들 자기 자신밖에 모르는데.

타자의 마음을 살피고 그것이 오해가 아니기를 바라는 나의 태도를 자존감이 없기 때문이라고 타박하던 C. 내가 가장 가깝다고 여겼던 사람이어서인지 C의 그 말이 어리둥절하게 들렸지. C는 자기 자신만이 중요하다고 당당하게 말했어.

D는 내가 친구들에게 무엇이든 다 말하니까 갑자기 죽더라도 모두 그 이유를 알 거라고 했지. 사실 나는 10%도 말하지 못했는데. 수다를 떠는 것과 마음의 이야기를 하는 것은 다르니까. 나는 그런 무례한 듯한, 배려 없는 말에도 아무 대꾸도 하지 못했어. 내가 그것을 반박하면 "저 봐, 또 자기 기분 나쁜 거 다 얘기하지!"라고 할까 두려워서. D가 나를 그런 정도로밖에 생각 안 하는가 싶어 그와 지금까지 쌓아온 소중한 시간이 의미 없다는 생각이 들어 씁쓸했어.

그런 일들까지 생각하자 갑자기 모든 게 우스워졌지. 그들은 자존감이 '자기 자신만이 중요하다고 여기는 것'이라고 생각하는 것일까? 혹은 자신이 억압되어 있으니 다른 이들의 감정 표현도 억압되어야 한다고 생각하는 것일까.

선생님은 내가 느꼈던 감정의 훼손에 대해 계속해서 섬세하게 물어봤어. 자세한 내용은 기억나지 않아. 다만 내가 타격받았던 지점에 대해 집중해주었다는 것만 생각나네. 그것만으로도 나는 슬프고 행복했어. 하지만 울지 않았어. 울 기운조차 없었지. 지쳤고, 아무것도 나를 일으키지 못했어. 그러나 그녀의 조심스러운 말들이 내내 부드러운 깃털처럼 나를 감쌌지. 나를 비난하지 않는 유일한 사람이 그녀라니. 나조차 나 자신을 비난하고 처벌하는데 말이야.

나조차 나를 비난하고 처벌하면서 사는 방식, 그 마음은 우리의 껍질일까요? 결국엔 벗겨내야 하는. 저도 언니가 말한 그런 의미에서 상담하는 시간이 기다려지는 것 같아요. 나조차 나를 긍정하지 못하는 상황에서 유일하게 내 이야기를 아무런 편견 없이 들어주는 사람이 있다는 게 생각보다 힘이 돼요. 물론 힘이 되는 거랑 진짜로 힘을 내는 거랑 전혀 다른 문제라는 걸 점점 깨닫는 중이지만요.

상담하면서 그날의 이슈에 대해 말하고 나면 그 문제를 해결할 수 있을 것 같은 생각이 들기도 해요. 그러다 훌쩍이며 집에 돌아오는 동안 세세 산적한 문제들이 다시금 저를 꽉 채우는 기분을 느껴요. 상담소에서 집까지는 차로 거의 한 시간이 걸리거든요. 한 시간 만에 다시 채워지는 우울함이라니. 도대체 이 우울의 뿌리는 얼마나 깊은 걸까요?

날씨가 정말 좋은 날에는 상담하러 가는 길에도 신이 날 때가 있어요. 가시거리가 좋고 공기가 청명한 날이면 한라산이 아주 진하게 보이거든요. 집에서 제주 시내로 가는 길에 보이는 한라산 봉우리는 처음엔 손가락만 해 보이다가 시내에 다다르면 손바닥만 해 보여요. 한라산의 모양과 크기가 아주 선명하게 보이는, 산의 결이 눈에 속속 박히는 날이 있어요. 그런 날이면 뭐든 다 말해버리고, 뭐든 다 이겨낼 수 있을 것 같다는 생각도 들어요. 이렇게 아름다운데, 내 우울함이 별거냐! 싶은 마음이요. 그러다 상담이 끝나면 퉁퉁 부은 눈으로 다시 한라산을 바라보는데, 한 시간 전의 그 총천연색 산이 아닌 거예요. 인간의 우울함이란 뭘까요. 왜 이렇게 진한 걸까요. 이 상담이 끝나기 전에 저는 제 우울함을 조금이라도 덜어낼 수 있을까요? 널뛰는 제 마음이 원망스러워요.

네가 상담받으러 가는 길을 나도 떠올리고 있어. 네가 제주도로 내려가 살고 있다는 것이 정말 실감 나네! 네가 제주도민이 되면서부터 제주도에 대한 내 환상이 커졌어. 상담 받으러 오가는 길에 한라산을 보는 일상이란, 얼마나 어마어마한 것인지. 서울에서는 전혀 느낄 수 없지. 대형 건물로 가득 찬 도시의 아스팔트를 걷다가 지하로 내려갔다가 다시 지상으로 올라오는 과정은 종종 끔찍하게 느껴져.

그렇지만 한라산의 존재로도 이겨낼 수 없는 것이 인간의 마음이겠지. 네가 슬픔과 고통에서 단 한 시간만 해방된다 하더라도 나는 그 한 시간을 응원하고 싶어. 나도 너랑 같아. 상담을 받고 있으면 무엇이든 해낼 것 같지만, 끝나고 일상으로 돌아오면 모든 것이 부서져 있어. 하지만 이렇게 너하고 편지를 주고받는 일이 그 한 시간을 두 시간으로 만들고, 세 시간으로 만들고……

나의 상담도 중반을 넘어가고 있어.

오늘은 비가 왔고, 주황색 우산을 썼어. 상담실로 가는 동안 부드럽게 촘촘히 내리는 비를 맞으면서 이 길이 끝나지 않기를 빌었단다. 그냥 빗속에 계속 방치되어 조금씩 사라져버리고 싶었지. 그렇지만 약속은 약속이어서 마음을 다잡았어. 선생님은 나를 기다리고 있을 것이고, 준비하지 않았는데도 나는 무언가를 마구 쏟아내겠지.

상담받으면서 항상 물을 마셔. 그녀는 오늘 처음으로 커피를 권했다. 날씨가 그랬어. 날씨가 다 했어. 그런데 나는 이석증과 전정신경 부전증을 3년 넘게 앓으면서 디카페인 커피로 바꿀 수밖에 없었지.

어떤 일이 있었고, 그 일은 본질과 상관없이 나를 망가뜨렸고, 내 주변을 훼손시켰어. 그리고 나는 육체의 병이 악화하는 시간 속에 던져져 있어. 잘 낫지 않아. 재발도 자주 해. 밤새고, 술을 마시고, 노래를 부르고, 춤을 추던 20대, 30대여 안녕. 나는 최소한의 움직임으로 삶을 지탱하는 방법을 고민하는 텅 빈 사람이 되었어. 격렬한 운동도 즐겼는데. 너도 잘 알지? 잠깐이나마 복싱장에 다니기도 했잖아. 하하. 이제 어지러울까 싫어 아무것도 못 하는 못난이가 되었다. 몸무게가 5킬로나 늘었어.

무엇인가 열심히 하고 싶지 않아. 수면 시간을 가장 사랑하는 사람이었는데, 이제 자는 중간에도 어지럼증 때문에 깬다. 깡지야, 불행하다고 생각하지 않으려고 해. 다만 웃을 일도, 즐거운 일도, 행복하다고 느끼는 순간도 모두 유리병에 갇힌 것만 같다. 유리병은 알 수 없는 해변에서 깊은 바닷속으로 떠내려가고 있어. 나는 나와 가장 멀어지고 있어.

선생님은 일주일 동안 어땠는지를 묻지만, 나는 일주일이라는 시간을 뛰어넘어 과거의 불길 속으로 들어가게 돼. 뼈와 살이 타는 느낌. 내가 가지고 있는 콤플렉스를 이야기하면 내 몸의 큰 뼈 하나가 심연으로 툭 떨어지고 그것이 녹는 것을 지켜보는 기분. 나의 불안정한 상황 때문에 모든 것을 부정적으로 보고 있는지도 몰라. 그녀가 나의 상태에 대해 섣불리 어떤 진단도, 어떤 평가도 하지 않았는데 말야. 하지만 내가 말하면서, 내가 깨닫는 일이, 이 시간의 가장 큰 놀라움이랄까. 자신에 대한 터질 듯한 긴장. 그리고 직면

욕망은 좋은 것이고, 그것의 긍정적인 면을 볼 필요가 있다고 그녀는 말하고 있어. 그녀의 말에 나는 잠깐 마음이 식었

어. 모든 일에는 긍정과 부정이 있지. 하지만 섣부른 긍정은 경솔하고 위선에 가깝다고 생각했거든. 부정은 끔찍하고 아파도 진실에 더 가까운 것. 나의 표정 변화를 눈치챘는지 그녀는 한 호흡을 쉬었다가 말을 이어갔지.

"긍정에도 고통이 있어요. 부정에도 고통이 있죠. 그렇다면 긍정의 고통도 한번 들여다보는 것이 좋지 않을까요?"

내가 정말 원하는 것은 무엇일까. 그치지 않는 빗속에 나는 가만히 서 있었어. 익숙하지만 낯선 길을 걸어가면서 나를 잃어버리고 싶었다. 냉소적으로 팔짱을 끼고 바라보던 일들, 사실은 내가 원했던 일이었을까? 그것에 다가가기 위해 노력하던 사람들을 그저 위선이라고 치부해버렸던 것일까. 분명 위선도 있어. 그런데, 다른 힘도 있지 않나. 그 힘을 나는 애써 무시했던 것일까. 그들에게는 생존 본능이었을 텐데.

다른 것을 해내기엔 나는 너무 늦은 것일까. 너무 나이를 많이 먹은 것일까. 한쪽으로만 치우친 염결성을 모두에게 강요하는 것일까. 그런데 왜, 나는 긍정의 고통보다 부정의 고통이 익숙한 것일까. 왜 여전히 부정의 화신으로 남아 있고 싶은 것일까. 위선보다는 위악이 낫다고 믿고 싶은 것일까.

사람들의 상처와 고통은 나를 힘들게 해. 많은 이야기를 듣노라면 놀랍고 안타깝기도 하고 공감하여 분노가 일기도 하지만 다 듣고 나면 힘이 들어. 또다시 나는 누군가의 감정 쓰레기통 역할을 자처하고 있나.

내 주변의 문학인들은 '적당히'를 몰라. 적당히 안부를 묻고, 적당히 소식을 전하며, 적당히 쓸데없는 이야기로 하하호호 하는 법을 잘 모르지. 그런 관계는 친밀한 관계가 아니고 대체로 비즈니스라고 생각하는 거야. 마음을 나누는 관계가 되면 우리는 너무 깊은 이야기를 해. 그것을 듣는 것도, 하는 것도 사실은 자신을 불쏘시개로 쓰는 일인데.

어떤 경우에는 내가 불을 지르고, 어떤 경우에는 내가 장작으로 쓰이지. 내가 무언가를 쏟아내며 불을 지를 때에도 나는 온통 타버려서 폐지 타는 지독한 냄새와 그을음으로 뒤덮인 사람이 되곤 했어. 상대방의 말을 들으며 장작처럼 타오를 때도 나는 재가 되어 어둠 속에 가라앉아. 괜찮은 걸까. 서로가 마음을 나누는 일이, 서로를 찢어버리는 일은 아닐까. 누군가가 감정의 쓰레기를 쏟아내면 내가 쓰레받기가 되어야 하고, 나는 다시 그 쓰레기를 다른 누군가에게 쏟아내고…… 그렇게 영원히 반복되는 것은 아닌가.

나는 긴 통화를 끝내면 타이레놀을 먹었어. 신경안정제를 먹을까 하다가 어쩐지 억울했어. 매번 같은 이야기를 들으면서 나는 매번 갈기갈기 찢기는 기분인데. 그때마다 비상이라고 여기고 싶지는 않으니까. 네거티브는 역시 괴물이야. 힘이 세. 문학을 추동하는 힘이기도 하지만, 일상에서는…… 후유…….

선생님은 한결같은 태도로 집중해서 들어주었어.

"상대방이 같은 이야기를 계속한다는 것은 그 문제가 충분히 전달되지 않았다고 느꼈기 때문일 수 있어요. 물론 영주 씨가 성심성의껏 들어주었지만, 그쪽에서 원하는 반응이 나오지 않았을 수가 있거든요."

"저는 그 일들에 대해 백 프로 동의할 수가 없다고, 동의가 안 되니 앞으로 얘기하지 않았으면 좋겠다고 진지하게 어필도 해보았어요. E가 알겠다고 하고 나서 또다시 같은 이야기를 반복하니…… 정말 힘들더군요. 전화를 안 받기도 했으나 완전히 관계를 끊고 싶지는 않아요. 우정을 지키고 싶거든요."

"그렇다면 진지하게 토론하거나, 아니면 성심성의껏 피드백을 해주고 다른 이야기로 유도해보는 것은 어떨까요? 얘기를 들어보니 그분도 상처가 많은 분인 것 같네요."

우리는 자신의 상처 때문에 서로를 필요로 하는지도 모르겠어. 자신의 상처를 보여주고 위로받기 위해 상대방의 온기를 찾는지도. 상대방보다 자기 위주로 생각할 수밖에 없는 것,

자신에게 유리한 입장으로 편집하는 것이 인간 아닌가. 상대방에 대한 배려보다 앞서는 것이 자신의 상처. 인간의 솔직한 면이야. 그것을 깨닫고 달라지려 노력하는 것도 인간이고.

나는 아직도 결정하지 못했어. 그러한 관계를 어떻게 조율해야 할지. C는 관계를 맺지 말라고 하겠지. 내가 곤란한 관계에 대해 조언을 구하면 그 친구의 답은 똑같아. 관계를 끊어라. 그것이 해답이다. 그렇게 말하는 C의 마음도 이런 것이 아닐까. '나를 지킬 거야. 나를 다치게 하지 않을 거야.'

하지만 C도 모르지는 않아. 자기 자신이 중요한 것은 타인이 있기 때문이라는 것을. 타인 없이는 자기 자신도 없다는 것을. 타인이 없고 자신만 있다면 굳이 자신을 지킬 필요가 없는 거니까. 그저 자신이 있을 뿐이니까. 아무도 없이 홀로 남아 있다면 그 존재를 자신이라고 부를 필요도 없으니까.

오늘은 상담 끝나고 선배랑 삼겹살을 구워 먹기로 했어. 나는 인간이라는 운명을 생각하면 항상 고기를 떠올리게 돼. 선배는 고기를 아주 잘 굽지.

이영주

우리는 서로에게 아름답고 잔인하지

가족을 잃은 선배 언니와 함께 지냈다. 우리는 매일 밤 서로의 고통을 이야기했다. 날마다 통증의 부위가 달라졌다. 서로의 상처를 받아 안느라 긴 밤을 새웠다. 커피와 초콜릿, 페스츄리 같은 것. 가끔 언니가 피우는 지독한 쿠바산 시가. 앉았다 일어섰던 의자, 펑펑 우느라 온통 젖어버린 탁자가 우리의 친구였다. 우리는 가끔 밤의 창문을 열었다. 지나가는 고양이와 그가 먹다 던져놓은 쥐를 발견하기도 했다. 동네에서는 수많은 사건이 일어났다. 경찰이 어딘가에서 와서 어딘가로 흘러갔다. 언니는 한동안 자신의 집으로 돌아가지 않았다. 언니와 나는 서로의 몸을 바꿔 입은 것처럼 아팠다. 그게 그녀이기도 하고, 나이기도 했다.

언니, 우리는 괜찮았던 걸까? 우리는 자신보다 서로에게 너무 몰입했던 것은 아닐까. 그래서 행복했는데, 그래서 병든 것일까.

가끔 우리는 누구에게인지 모를 폭력을 가했다. 서로에게 몰입되어 있었기에, 서로를 괴롭히기도 쉬웠다. 그 누구보다 잔인해질 수 있었다. 우리는 각자 다른 자리에서 상처받았다. 관계는 탁자 끝에 겨우 걸쳐 있는 유리잔처럼 아슬아슬했다. 그게 관계의 본질인 걸까. 잠깐 방심하면 바닥으로 떨어져 산산조각이 나는 것. 매일 밤 나는 악몽을 꾸었고, 문득 잠에서 깨어 거실로 나오면 불면에 시달리며 어딘가를 하염없이 바라보고 있던 언니라는 친구의 등을 보곤 했다. 어둠의 절벽처럼 불쑥 솟아오른 어깨를.

우리는 이제 만나지 않는다. 몇 번의 어긋남 끝에 우리는 완전하게 헤어졌다. 적당한 거리란 무엇일까. 어떻게 서로 연대하면서 서로의 영역을 지켜줄 수 있을까. 언니, 너의 고통은 남의 일 같지 않은데. 나의 고통이 언니, 네게도 깊게 가닿길 원하는데. 여전히 알 수 없다. 다만 완벽하게 서로의 내부를 겪을 수는 없는 것. 그것을 인정하는 것부터 시작일지도 모르겠다.

나는 그때의 아름답고 행복했던 기억만 남겼다. 그것은 일그러진 시간의 박제. 그렇게 시로 옮겨진 관계의 기묘한 아름다움. 자세히 들여다보면 아름다움을 위태롭게 떠받치고 있던 잔인함. 잔인함에는 영원히 지워지지 않는 피가 묻어 있다.

그러나 이 모든 것은 너를 향한 편지의 시작이다. 부칠 수가 없지만. 시는 가닿을 수 없으므로 쓰인다. 닿을 수 없다는 것 때문에 쓰인다.

3

가부장:

아버지
또는 남편의
이름으로

2020년 봄이었지요. n번방 성 착취 사건에 대해 접하게 되었어요. 기사를 읽으면서 분노와 무력감 때문에 온몸이 다 아팠어요. 끊임없는 고통의 신체화……. 곪을 대로 곪아버린 상처에서 진물이 폭포처럼 쏟아지고 있었습니다. 딸을 안아서 재우면서, 눈물을 흘리면서, 기사를 읽어 내려갔습니다.

부모님의 이혼 이후 저는 아버지랑 함께 살았지요. 사춘기 소녀가 홀아버지와 산다는 것, 그 속에서 살아남으려 제가 택한 태도는 '착한 장녀'의 모습이었습니다. 아버지와의 삶은 늘 갈증으로 가득했고 저는 아버지의 억압적인 태도로부터 언제나 벗어나고 싶었어요. 그래서였을까요? 저는 제 발로 결혼이라는 제도 속으로 걸어 들어갔어요. 물론 제가 결혼을 선택하게 된 데는 여러 가지 이유가 있었습니다만 스스로 '아버지에게서 벗어나고자 한 선택이 결혼이라니' 하는 자괴감이 드는 날이 많았어요. 남성에게서 벗어나고자 또 다른 남성의 자장 안으로 스스로 가둬버린 것에 대한 괴로움이 늘 꼬리표처럼 붙어 있습니다.

남편과 저는 동갑내기에요. 늘 유쾌하고 성실한 남편의 모습에 매력을 느껴 교제하고, 결혼까지 하게 되었지요. 그게 벌써 9년 차가 되었네요. 그런데 지난번에 말씀드렸다시피 제주도에서 함께 일을 하면서부터 저와 남편과의 관계에 균열이 생겼어요. '가족은 함께 일하는 게 아니'라는 말을 뼈저리게 깨닫게 된 시기였죠. 그런 상태에서 임신과 출산, 육아까지. 그야말로 인생에서 엄청난 미션을 저는 오롯이 혼자 헤쳐나가야 했어요.

저는 상담에서 주로 분노에 대해 이야기했어요. 제가 겪었던 일들로 인해 지친 심정과 분노에 대해 쏟아냈지요. 분노가 생겨서 지친 것인지, 지친 상태이기 때문에 더욱 분노가 이는 것인지. 어떤 것이 먼저인지는 분명치 않습니다만, 특히 남편과 아버지로 대표되는 남성에 대한 감정이 아주 복잡했어요. 그런 마음이 n번방 사건으로 인해 폭발한 것 같았어요. 모든 건 연결된 거죠.

처음 상담을 시작하고 얼마 되지 않아 막내 고모가 한동안 집에 와 계셨어요. 거리두기 단계가 격상된 이후 어린이집에 가지 못하는 제 딸을 돌봐주고, 그와 동시에 저를 돌보고자 제주로 오셨던 거였죠. 저는 막내 고모랑 15살 차이가 나는데, 어릴 때부터 친하게 지냈답니다. 저랑 고모의 공통분모는 '아버지'예요. 저와 고모는 둘 다 어긋난 방식으로 자식을 키우는 아버지를 가졌지요. 고모의 아버지, 그러니까 저에게 할아버지는 지금은 돌아가시고 안 계시지만, 제가 기억하는 바로도 자식들에게 상당히 가학적인 사람이었습니다. 특히 할아버지는 당신의 큰아들을 미워했는데, 그게 저의 아버지예요. 결국 미움이 대를 이어 자라나게 되었죠. 사랑받은 적 없는 사람은 사랑을 줄 줄 모르는 인간으로 자랄 확률이 높잖아요. 사랑받지 못한 저의 아버지는, 자신의 아버지와는 다르다는 것을 보여주고 싶었겠지만 장렬하게 실패했습니다.

고모가 계실 때 딸과 함께 곶자왈에 갔던 적이 있습니다. 곶자왈의 얽히고설킨 수풀을 보며 단상을 적게 되었는데요. 그 내용은 딸에 대한 것이었어요. 거대한 생명의 공간 속에 들어서니, 인간이 얼마나 하찮게 느껴지던지요. 이제 막 말을 배우기 시작한 딸 앞에서 "나무야 고마워"라고 말했는데, 곶자왈을 탐색하는 동안 딸은 나무 한 그루 한 그루를 만지며 "고마워"라고 말하더군요. 딸의 그 행동 앞에서 저는 묘한 느낌을 받았어요. 작고 연약해 보이는 한 아이가 오랜 시간을 통해 형성된 거대한 숲과 동일하지 않은가 하는 것이었죠. 세상에 대한 호기심으로 가득 찬 저 아이가 하나의 숲이고 우주라는, 상투적인 진리가 눈앞에서 체험되는 순간이었습니다. 그 모습을 보는데 왜 그렇게 가슴이 아프던지요. 저 아이가 살아갈 세상이 너무나 험난해서, 선한 의지를 가진 자들이 너무나 무력하게 쓰러져 가서, 저는 자꾸 자괴감에 빠졌습니다. 이런 감정을 2014년 4월에도 느꼈었어요. 차가운 바다에 많은 아이들이 꿈과 함께 가라앉았을 때, 저는 아이를 낳지 않겠다고 결심했었지요.

육아는 육체적으로나 정신적으로나 많은 에너지를 필요로 하는 일인데요. 상담을 시작하기 직전의 저는 특히 정신적인 에너지가 바닥이 났었죠. 제 정신적 에너지를 고갈시키는 데는 남편이 큰 역할을 했습니다. 육아라는 거대한 미션은 오랜 시간을 들여 헤쳐나가야 하는 팀플레이죠. 그런데 한 팀인 남편이 저의 가장 큰 스트레스 요인이었어요. 가장 견디기 어려웠던 부분은 남편이 너무 자기중심적이라는 거였죠. 아이를 키우는 것은 상당 부분 부모의 희생이 필요한 것인데, 남편은 육아를 전적으로 저의 영역으로 치부하고 본인은 제3자의 자리로 멀찍이 떨어져 있었어요. 철저하게 가부장의 그늘 속에 숨어서 저의 고통을 모른 척하고 있었어요. 남편과 반목하는 일에 너무 많은 에너지를 허비했죠. 어느새 저는 벼랑 끝에 서 있었어요. 한 발만 더 내딛으면 다시는 돌아올 수 없는 나락으로 떨어지기 일보 직전. 문득 정신을 차렸습니다. 하루가 다르게 성장하는 아이를 보면서 느끼게 되었어요. 이 아이는 나를 필요로 하는구나. '건강한' 나를 필요로 하는구나. 제 몸과 마음이 건강하지 않다면, 제 아이를 키우는 일에 문제가 생길 수도 있다는 생각이 들었습니다.

분명 제가 아이를 낳았는데, 아이 덕분에 제가 자라는 기분입니다. 생물학적으로는 제가 딸을 낳았지만, 딸은 저를 정신적으로 키우고 있어요. 건강해지고 싶어요. 건강한 사람이 되어서 딸에게 건강한 인간성을 물려주고 싶어요. 이 미친 세상 속에서 거센 바람에 쓰러지더라도 살아만 있다면 탁탁 털어버리고 일어날 수 있을 거라는 믿음. 그것만이 제가 물려줄 수 있는 자산일 테니까요.

n번방 사건은 너무나 끔찍한 사건이야. n번방에서 이루어지는 천인공노할 세부는 떠올리고 싶지도 않다. 그런데 무엇보다 놀랐던 건 그 지옥을 즐기는 자가 26만……! 그것도 밝혀진 자료만 그러하겠지. 그 숫자를 보는 순간 내 눈을 의심했어. 정말일까. 정말, 정말, 정말일까. 260명, 2,600명도 아니고? n번방의 추악한 전말이 밝혀지면 밝혀질수록 26만이라는 숫자는 아무것도 아니었구나, 라는 것을 확인하는 과정!

인간은 인간이라서 이렇게까지 잔인해질 수 있는 걸까. 강자가 약자를 학대하고 착취하는 것이 본성인 걸까. 여성을 대상화하는 것을 넘어 구역질이 날 만한 폭력이 생활 이렇게나 만연하다니. 그걸 그 많은 숫자가 즐기고 있다니.

한나 아렌트의 말이 떠오르네. 반인륜적 범죄를 저지르는 것이 그들의 악마적 성격 때문이 아니라 아무 생각 없이 실행하는 '사고력의 결여' 때문이라는 것. 물론 그녀의 논리는 훨씬 더 복잡한 전체주의의 이야기 속에서 탄생한 것이긴 하지만, 기본적으로 생각이란 것을 한다면 n번방 같은 일은 일어나지 않을 거야. 인간은 정말 사유의 섬세함이 조금이라도 깨지면 얼마나 악마가 되는지……. 이런 세상에서 딸을 낳고, 그 딸을 키워야 하는 일이란 얼마나 엄청난 미션인 걸까.

그렇지만 나는 너를 보면서 희망을 보고 있어. 부모의 이혼 밑에서 네가 겪었을 고통…… 남들은 꺼내기조차 어려운 문제인데, 이렇게 씩씩한 깡지가 되었잖아. 상처를 과감하게 말할 수 있는 네가 너무 멋지다. 어떤 이들은 큰 아픔에 대해 말조차 꺼내지 못해. 말하는 것도 용기가 필요하니까.

공포와 불안 속에서도 자기 삶을 열심히 끌고 온 너, 앞으로도 열심히 달려갈 너, 반짝반짝 빛나는 너. 너의 딸이 너의 빛남을 더욱 크게 받아 안고 가리라 믿어. 상처와 의지를 나누면서.

멋지다고 말해주셔서 정말 감사해요. 저를 그렇게 바라봐 주는 마음 덕분에 저는 조금씩 나아갈 수 있는 거겠죠. 상담사와 대화를 할 때도 그런 기분이 들어요. 상담사는 저에게 깊은 공감을 보여줍니다. 상담사 선생님이 고개를 끄덕이는 것을 보면서, 내 이야기를 들으며 안타까움을 표현하려 눈썹을 한껏 아래로 내리는 것을 보면서 저는 점점 더 말이 많아지고 자꾸만 눈물이 터져 나와요.

마음이 어려웠던 숱한 날. 그런 날이면 친한 친구들에게 속마음을 이야기하곤 했지요. 하지만 그 누구에게도 전부를 말할 수 없었어요. 내가 겪는 고통이 너무 크고 어쩌면 비현실

적이기까지 해서요. 특히 저와 남편을 모두 아는 사람이라면 '과연 내 말을 믿어줄까?' 하는 생각이 들기도 했고, "그건 네가 너무 예민한 거 아니야? 다들 그러고 살아"라는 말을 듣는 게 너무 싫었어요. 제가 겪는 고통이 그저 스쳐 지나가는 수많은 부부싸움 중 하나이겠거니, 치부되는 것도 싫었고 "언젠가 다 괜찮아질 거야" 같은 말도 듣기 싫었어요. 그리고 더 근본적으로는 행복한 가정을 꾸리고 아주 잘 살고 있는 강지혜로 타인에게 '보이고' 싶었던 거겠죠. 요즘 기준으로 보았을 때 이른 나이에 결혼한 편이고, 결혼해서 제주로 이주하기까지 했고. '결혼해도 자유롭게 할 거 다 하며 사는 사람'이라는 깃발을 흔들어 보이고 싶었던 걸까요. 어떤 한 시기에 마음이 많이 힘들다고 해서 내 인생 전체가 실패한 게 아닌데. 알량한 자존심이 오히려 저를 망가트렸는지도 모르겠어요. 하지만 상담을 시작하고, 어떤 관계도 없던, 생면부지의 상담사에게 말을 꺼내기 시작하자, 저 자신도 몰랐던 부분까지 다 말할 수 있게 되더라고요. 제가 겪고 있는 어려움에 대해 그저 솔직하게 털어놓는 것만으로 이렇게 해방감이 들다니. 상담하길 잘했다고 생각했어요.

남편과 대화라고 부를 만한 대화를 하지 않은 지 꽤 된 거 같아요. 제주도에 이주하고 나서 함께 식당을 하면서부터 틀어진 관계가 임신과 출산 그리고 아이가 두 돌이 되기까지 이어졌죠. 하필 그 시기라니. 왜 하필. 임신했을 때 남편이 어떤 태도를 보이느냐에 따라 평생의 당락이 결정된다는 말은 워낙 많이 접하잖아요. 미디어에서도 자주 등장하고요. 그건 정말 사실이에요. 적어도 제 경우는요. 저는 임신이 정말 너무 힘들었어요. 앞서 말씀드렸다시피 호르몬의 노예가 되어 신체적으로 정신적으로 지쳐 있는 상황이었고, 특히 감정적으로는 최악이었지요.

몸은 점점 부풀고 복중의 이물감은 점점 심해졌어요. 태아는 저에게 끊임없이 생명력을 과시했지만 저는 그 경이로운 순간을 남편과 나누지 못했어요. 남편은 제 몸이 변하는 것에 대해 그 어떤 지식도 없었고 그저 남의 일처럼 느끼는 것 같았어요. 맞아요. 임신은 실제로 그의 일이 아니죠. 엄밀히 말하면 남의 일이죠. 자기 배가 불러오는 게 아니고, 자기 배 속의 모든 장기가 부푸는 포궁 때문에 점차 위로 뒤로 아래로 밀리는 것이 아니고, 그래서 자기가 소화가 되지 않는 것이 아니고, 그런데도 허기를 느끼는 짐승 같은 몸은 남편의 몸이 아니었으니까요. 그러나 임신으로 인한 고통은 본인의 것이 아니더라도, 저는 혼자 임신한 게 아니잖아요? 백번 양보해서 임신은 남편의 일이 아니라고 할 수 있지만 결혼은, 아이는,

우리의 일이 아닌가요? 저는 남편의 태도를 보며 아, 사람이 저렇게 무감각할 수도 있구나, 감각하지 못하는 것은 무책임하다는 것과 같은 말이구나 생각했어요.

외로웠어요. 배 속에 쉬지 않고 움직이는 다른 존재를 품고 있는데도. 태어나 처음으로 생물학적으로 혼자가 아니게 되었는데도 저는 철저히 혼자였어요. 너무 외로웠어요. 이 외로움은 지금까지 느껴본 것과는 또 다른 잔인함을 품고 있었어요. 관계를 망치는 외로움. 관계 그 자체에서 도망치게 만드는 외로움. 그건 포기였어요. 저는 남편에게 말하는 입을 닫았고, 남편은 그런 저를 알아채지 못했었지요. 저는 점점 더 수렁으로 빠져만 갔어요.

외로움에는 여러 종류가 있지만, 그중 가장 잔인한 것이 관계를 흔들어버리는 외로움이 아닐까 싶다. 어떤 외로움은 온전히 자신만의 몫이어서 나눌 수 없기도 하지. 나눌 수 없음이 휴식을 주기도 하지만, 고통이 되는 때도 있는 것 같아. 너에게는 삶의 과정에서 가장 놀랍고 두려운 시간일 텐데, 그가 실감하지는 못하더라도 살펴봐주면 얼마나 좋을까. 때로 남성들의 무심함은 그 자체로 폭력이기도 해. 그들이 그걸 모르고 있다는 것이 더욱 아이러니하고. 아니면 모른 척하는 걸까?

깡지야. 어린 너는 또 다른 어린이를 키우고 있는데, 나는 아직도 나를 키우고 있는 거 같다. 요즘 그런 마음이야.

하반기로 넘어갈수록 나는 아무것도 고민하지 않았어. 선생님 앞에서 별일 없다고 말하곤 했지. 그냥 다 괜찮다고. 사실이라고 생각했어. 하던 대로 강의를 했고, 제자들의 등단 소식도 들었으며, 책을 읽고 산책을 하고 밥을 먹었다. 가끔 인스타그램을 뒤적거렸고, 영화를 보았어.

일상. 소중한 일상. 코로나 바이러스 때문에 외부 강의 운영이 되지 않는다는 점만 빼면 모든 게 괜찮았지. 우리는 코로나 바이러스 이전으로 돌아갈 수 없어. 어느 정도의 곤경은 모두 겪을 수밖에 없지. 대부분 집에서 생활하니 그것도 행복했단다. 사람을 자주 볼 수가 없다는 것. 그것이 나를 평화롭게 했지. 여러 명을 한꺼번에 만나면 안 된다는 것. 그것이 나를 행복하게 했어. 그래서 이번 상담에서는 무슨 말을 하지? 조금 고민이 되었다. 할 말이 없는데.

그런데 그것은 나의 기우였어! 자리에 앉자마자 무슨 헛소리를 그렇게나 쏟아내고 있는지. 민망할 정도로 말이야. 무슨 말을 지껄였는지 기억도 나지 않는다. 다만 자연스럽게 강력한 타자, 아버지 이야기로 옮겨 갔다는 것뿐. (드디어!)

너도 알다시피 나는 외동딸이야. 아버지와 어머니는 나를 극진하게 보살폈지. 눈 오는 날이면 타 주던 따뜻한 코코아, 예쁜 옷, 과일 속을 파내어서 내 입 안에 흘려주던 순간. 함께 손잡고 산책하고, 자다 깨서 울면 안아주고, 즐거우면 같이 크게 웃어주고, 매일 사랑한다고 말해주고……. 어머니는 곧 팔순을 바라보시는데, 지금도 그러셔. 결혼까지 한 늙은 딸의 끼니를 걱정하여 마당에서 큰솥에 곰탕을 끓인 후 냉동시켜 택배로 보내주시지. 김장김치도 매년 보내주고, 각종 반찬, 시골에서 키운 감자, 고구마도 빼놓지 않으신단다.

아버지도 과보호로 나를 끼고돌았지. 매일 차로 등교시키고(중·고등학교 시절 내내 단 하루도 빼놓지 않고 아버지 차로 등교한 사람), 주말이면 여행 다니고, 필요한 모든 것을 사주려고 노력하셨어. 피아노나 기타, 장난감뿐만 아니라 아빠가 나를 위해 사들인 책 때문에 방 안은 금세 책들로 가득 찼어.

문제는 어머니와 달리 아버지는 내게 요구하는 것이 많았어. 내가 보여주어야 할 것이 많았지. 성적, 태도, 외모, 애교 등등……. 나는 고등학교 올라가면서부터 성적이 좋지 못했고, 태도도 공손하지 못했으며, 외모는 선머슴과 다를 바 없었고, 살이 쪄 있었지. 무뚝뚝한 성격 때문에 애교는 애초에 될 바가 아니었고. 무엇보다 아버지는 내가 어떤 부정적 상황에서도 강해지길 원했는데, 무엇 때문에 그래야 하는지 나는 잘 알 수가 없었어. 부정적 상황이 닥치지도 않았는데 강해지는 법부터 배워야 했나. (여성이 그만큼 힘든 일이 많을 수밖에 없다는 것을 아셨기 때문이 아닐까 생각해.)

아버지는 강력한 타자로서 나를 옥죄었어. 나는 그럴수록 엇나갔고. 아버지는 칭찬과 격려보다 날카로운 지적과 냉정한 평가가 올바른 가정교육이라고 생각했어. 남과의 비교는 기본이었지. 무엇보다 나를 가끔은 아들로, 가끔은 딸로 대했는데, 그 기준이 명확하지 않았어. 부정적인 피드백에만 노출되어 있던 나는 자꾸 헛갈렸고, 매번 당황했지. 아버지 기준에 의하면 동네 어른한테 인사를 하는 것 빼고는 나는 뭘 잘하는 게 없었어. 칭찬받은 기억이 없는 걸 보면 역시 나는 무능한 존재였나. 아닐 수도 있어. 기억이 왜곡되었을 수도 있지. 원래 네거티브는 모든 것을 뒤덮는 법이니까.

나는 내가 약자이기 때문에, 힘없는 청소년이기 때문에, 주변에 있는 아버지 친구분들의 공부 잘하고 착한 자녀보다 부족하고 못났기 때문에 죽어야 한다고 생각했어. 살아 있으면 매번 지적받을 수밖에 없는 지옥에서 빠져나갈 수 없다고 여겼지. 하지만 그때도 의문이었어. 부족하고 못났으면 당연히 불행해야 하는 걸까. 매번 혼나야 하는 걸까. 우등생만 살아남고 나머지는 다 없어져야 하는 걸까. 그런데 우등생이 아닌 수많은 아이는 왜 웃고 떠들고 뛰어다니면서 잘 지내는 걸까. 나는 그런 생각 끝에, 강력한 타자한테 대항하기 시작했지.

그 이후 우리 집은 전쟁터가 되었어. 나는 잘 물러서지 않았고, 아버지는 그런 날 용서하지 않았지. 강력한 제재는 점점 더 강도가 높아졌고, 나는 사랑의 매를 앞세운 결정적인 압박의 힘 앞에서는 굴복하기 일쑤였어. 아버지는 그 세대 어른들의 공통 관념인 '엄혹한 가르침'이 나의 교육을 위한 것으로 여기셨지만, 내게는 지워지지 않는 상처가 되었지. 나는 지치지 않았어. 나에게는 대항만이 유일한 생존으로 여겨졌던 거야.

그 시절에 "너는 존재만으로도 빛이 난다"라는 말을 단 한 번이라도 들었으면 어땠을까? 그 시절의 나는 언제나 한쪽 눈이 보이지 않는 사람이었어. 두렵고 외로웠지. 내 삶은 이미 망했다고 생각했고, 친구들과 쏘다녔어. 학교에 가서는 소설책이나 시집을 읽었고 하교 후에는 끊임없이 헤매고 다녔지. 그냥 빨리 이 모든 게 멈추기를, 어떤 외부적인 힘이 이 모든 것을 끝장내주기를 기다렸어.

맞아요. 저 역시 유년 시절에 모든 게 끝나버렸으면 좋겠다는 생각을 정말 많이 했어요. 그리고 임신부터 출산 후 2년가량 매일 그런 생각을 했어요. 전력을 다해 육아를 하다가도 어떤 순간 문득, 아, 그냥 내가 사라져버리면 좋겠다. 그러면 이 고통이 다 끝나겠지, 라고 생각했어요. 그런 생각을 하고 나면 또 눈앞에 아이는 너무 예쁘고. 내가 없으면 이 아이는 살아갈 수 없을 텐데, 나는 왜 이런 생각을 하고 있나 하는 죄책감이 밀려오고요. 이렇게 간절히 끝을 바란 적이 없었어요. 꾸역꾸역 살아가는 제 모습을 버티면서, 처절하게 살아내고 있었어요.

너무 오랜 시간을 내가 아니라 남을 생각하며 살았어요. 어린 시절에는 아버지, 동생, 삼촌, 고모들, 그리고 어머니. 가족들부터 나를 거쳐 간 연인, 친구와 같은 남에 이르기까지. 그들을 챙기고, 그들과 맺는 관계 속에 내 모든 것을 내던져버렸어요. 그렇기에 정작 나를 돌볼 시간은 없었네요. 아니, 나를 돌볼 수 있는 시간이 있었음에도 저 스스로가 그쪽을 선택하지 않았는지도 모르겠어요. 내가 내팽개친 나는 그동안 얼마나 외로웠을까요.

상담을 시작하며 남성에 대한 화, 남편에 대한 불만으로 시작한 이야기가 어린 시절과 어머니의 부재까지 가닿게 되었습니다. 제 부모는 제가 열세 살 때 이혼을 했는데요, 저는 부모의 이혼 과정에서 아버지와 살기로 선택했어요. 저는 어릴 때부터 아버지보다 어머니를 훨씬 더 사랑했고 훨씬 더 친밀했는데, 왜 저는 아버지를 택했을까요. 이번에 이야기를 하면서 처음으로 이 부분에 대해 생각해보았어요.

그리고 깨달았어요. '아, 나는 아버지가 무서웠구나.' 아버지가 어머니에게 보였던 폭력성이 나를 향할까 두려웠어요. 아버지를 떠올리면 불쌍하다는 마음과 무섭다는 마음이 동시에 듭니다. 잔뜩 겁에 질려 아버지를 선택하고 나서 아버지와 살아온 십수 년의 시간 동안 저는 늘 쪼그라들어 있었어요. 아버지를 두려워하고, 미워하고, 애처로워하고, 사랑하지 않으려 했어요. 아버지만이 존재하는 '집'. 그래서인지 저는 집이 주는 안정감을 모르고 살았지요. 성인이 되고서는 늘 밖으로 돌았고 늘 새로운 사람을 만났습니다. 좀처럼 혼자 있지 않았지요. 집에 있는 게 정말 괴로웠거든요. 30대 중반이 되어서야 저는 제가 혼자 있는 걸 좋아하는 사람이라는 것을 알게 되었어요. 그 와중에 정말 운이 좋았던 건, 시를 쓰는 동안에는 '혼자'라는 상태를 유지할 수 있었고, 그것이 지금껏 겨우 저를 지탱해준 것 같아요.

그러던 중 아버지와 함께 살 수 없다고 느낀 사건이 터졌죠. (앞에서 말할 기회가 생기면 말하겠다고 했던 그 사건이에요.) 대학생이던 제가 교내 문학상에서 소설로 대상을 받았을 때. 저는 제 어머니의 이야기에 허구를 섞은 자전적인 소설을 썼어요. 교내 문학상이었지만 상금도 받았고(상금의 액수도 꽤 컸던 걸로 기억해요. 아르바이트 월급 두 달치는 되는 큰 돈이었어요.) 주위에서 저를 문예창작학과의 에이스 취급을 해주니 우쭐했던 걸까요. 소설 전문이 실린 교내 신문을 아버지에게 보여주었어요. 당연히 아버지가 자랑스러워할 줄 알았죠. 그러나 돌아온 건 아버지의 폭력이었어요. 아버지가 폭력을 행사한 이유는 제 소설이 '저의 어머니'를 다루고 있어서였겠지요. 유년 시절 어머니를 만나는 것을 그토록 감시하고 제한했었는데 어떻게 자신의 눈을 피해 어머니를 만날 수 있었냐는 것이었죠. 제 소설을 읽은 그날 밤, 아버지는 대취해서 야구 배트로 온 집 안의 물건을 부수고, 제게 언어폭력을 행사하고, 저를 무릎 꿇린 채 두 시간 동안 제게 자아 반성을 하게 지시했어요.

그날, 저는 제 안에서 무언가 무너지는 소리를 들었어요. 그건 평생을 다 써도 회복하기 어려운 것이었어요. 그 일이 있고부터 저는 집에서 더욱 겉돌았고, 아버지를 피할 수 있다면 무슨 일이든 했습니다. 한동안 글을 쓸 수 없었어요. 술에 의존했고, 사람에 의존했어요. 그런 상태로 대학 생활을 보내고, 졸업 후 얼마 지나지 않아 저는 일본으로 떠났어요. 일본은 어머니가 있는 곳이었지만, 사실 어머니에게 가고 싶었던 게 아니라 아버지와 살고 싶지 않았던 거였어요. 집이 아니라면, 아버지가 아니라면 어디든, 누구든 상관없었어요.

아버지와 살기로 선택했던 13살의 저, 지금의 제가 그때의 저에게 하고 싶은 말이 있어요. "무서우면 무섭다고 말해도 돼. 어른들 마음까지 걱정하지 않아도 돼. 괜찮지 않아도 괜찮아. 네가 다 하려고 하지 않아도 너는 너로 충분하니까. 정말로 다 괜찮아. 시간은 모든 걸 흐르게 하거든." 그리고 생각합니다.

이렇게 말해주는 사람이 내 곁엔 아무도 없었다는 사실을.

어리고, 또 한편으론 성숙했던, 13살의 나. 많이 외로웠을 13살의 나. 저는 13살로부터 한 뼘도 자라지 못한 상태로 35살까지 버텨왔던 거예요. 19살인 척하며, 27살인 척하며, 어른인 척하며. 저는 한 번도 저를 사랑하지 않았네요. 이제부터라도 나를 사랑하며 살고 싶은데, 지금은 실제로 제 손길을 필요로 하는 존재들이 너무 많네요. 그래서 너무 힘이 드는 거죠. 다 지쳐요. 아무도, 아무것도 제 옆에 없었으면 좋겠어요. 오로지 저만을 안아주고 싶어요.

네 글을 읽으니 가슴이 무너진다. 너를 처음 보았을 때 정말 사랑만 받고 자란 아이려니 생각했어. 너의 밝은 모습과 재치가 나를 참 많이 웃게 했지. 그런데 그런 것이 전부 버티기 위한 최소한의 보루였을까. 너무 마음이 아프다.

네 결혼식에 참가하려고 전세버스를 탔을 때, 너의 아버지가 내게 성큼성큼 다가오셨던 순간이 생각나. 너의 아버지가 망설임 없이 내게 오셔서 선생님! 이라고 부르며 인사를 건네서 놀랐어. 그 거침없음과 야생성을 보고 청년 같은 아버지라고 생각했지.

네 유년의 일들은 너무 아이러니하고 안타깝다. 아버지가 무서워서 아버지를 선택할 수밖에 없었던 그 소녀는 얼마나 두려웠을까. 공포와 불안이 어린 너를 뒤덮었을 것을 생각하면 심장이 도려내지는 기분이야. 그 시절로 돌아갈 수 있다면, 그 순간에 네 곁에 있었다면 정말 따뜻하게 안아주고 싶다.

우리 아버지는 80세를 넘기셨고, 예전처럼 강압적으로 나를 짓누르지 않으셔. 오히려 내게 무조건 응원과 지지를 보내주시지, 내가 바랐던 대로. 그런데 나는 회복이 잘 안 되네. 사실 아직도 조용한 공격은 조금씩 이어지고 있거든.

아버지가 70대이던 시절만 해도,

"너는 서른이 넘도록 왜 집을 사지 못하느냐."

"네?"

"남들처럼 왜 아파트 하나를 사지 못하냐고. 한심하다. 네가 뭐 제대로 하는 게 있느냐!"

"아무 자산 없이, 30대에, 서울에서, 아파트를요? 이제 겨우 직장생활 4년 차인데?" (당시 나는 스물여덟에 입사해 회사 다니고 있었어.)

"네가 사는 꼴 좀 봐라."

이런 식이었어. 의도적으로 나에게 모멸감을 안겨주려고 그러신 것은 아니었겠지만, 내가 시 쓰는 일에 미쳐서 자본주의 사회에서 도태되는 것이 못마땅하셨던 것 같아. 속상하셨겠지. 하지만 간헐적으로 이어진 이런 말들은 조용하게 나를 때렸지. 나는 상처투성이가 되어버렸어.

"너는 지금까지 해놓은 게 뭐가 있느냐. 너는 인생을 왜 그렇게 낭비하느냐."

"시인이 되었잖아요. 시집도 두 권이나 내고요. 먹고사는 일에 지장 없고요."

"겨우겨우 살고 있지 않냐. 시인 되면 뭐가 달라질 것처럼 그러더니. 베스트 셀러 책 하나 못 내고. 내가 누누이 이야기했잖니. 종이 밥을 먹으면 안 된다고. 평생 배고플 거라고."

아버지는 문학에 대해 모르시니 차근차근 설명해도 소용없겠지. 내가 그냥 넘어가면 되는데 왜 잘 안 될까. 평가와 판단이라는 잣대가 다시금 나의 상처들을 소환하는 건가.

아버지는 다 잘되라고 하는 말이다, 라고 자신을 합리화했지만 내 상처는 점점 더 깊어지고, 피가 나고 있었지. 나는 계속해서 아버지에게 평가받는 대상이었던 거야. 너무 외로웠어. 아버지뿐만 아니라 나도 자신을 칭찬하는 법을 몰랐으니까.

아버지가 생각하는 성공이란, 고급스러운 집과 차인 것 같아. 있는 그대로의 모습을 인정하고 사랑하는 방식을 아버지도 못 배우신 거지. 타인과 자신을 비교하면서 자신의 위치를 가늠하는 것이 모두에게 익숙하니까.

나는 아버지가 사업하는 모습을 보고 자랐어. 좋을 때는 좋았어. 궁핍함 같은 것은 겪어본 적이 없지. 그렇지만 나락으로 떨어질 때는 끝이 없었어. 언제나 불안했고, 부모님은 고생스러웠지. 부모의 고통은 아이에게 고스란히 전달되지.

아버지는 자신의 고생을 내게 늘 전시했어. 상황이 나빠지면 주변 탓을 많이 했고. 요즘은 자신 탓을 많이 하셔. 나는 그 불안 속에서 자본주의의 패악들을 몸소 체험했어. 그리고 결심했지. 나는 절대 빚을 지지 않겠다. 대출? 내 인생에 대출은 없다, 라고. 그러나 이런 내 생각을 아버지는 간단하게 무시했어.

"멍청한 것. 사회의 돈을 이용할 줄도 모르는 게."

선생님은 그 세대 어른이 다 그렇죠, 라고 말하며 시계를 보았어. 말하다 보니 시간이 훌쩍 넘어버렸던 거야. 나는 의자에서 벌떡 일어나서 재빠르게 상담실을 빠져나왔지. 어디로 가는지도 모른 채 무작정 걸었어. 아이스크림 따위가 생각나지도 않을 만큼 나는 처참했어.

나는 내게도 말해주지 못했지. 너는 존재만으로도 소중하다고.

나는 한참 거리를 방황했어. 망각이라는 거대한 늪으로 던져버렸던 아픈 기억이 살아난 거야. 망각은 왜 끝까지 힘이 세지 못할까. 인간의 무의식은 왜 이렇게 많은 것을 담아두고 있을까.

중학교 2학년, 그야말로 모든 것이 혼란스러웠던 시기였어. 나는 키가 큰 친구들과 친해졌지. 아무래도 비슷한 느낌을 주는 아이들과 친해지게 되는 건가. 쉬는 시간에는 뒷자리로 우르르 몰려가서 수다를 떨거나 장난을 쳤지. 화장실도 우르르 몰려다녔어. 시끄럽고 시끄러운 아이들이었어.

어느 날, 수업이 끝나고 화장실 옆 칸에 각자 들어가 수다를 떨면서 볼일을 보았어. 벽 너머에서 친구가 내게 물었지.

"너, 3학년 언니들이 십 원 동전을 투명테이프로 감아서 백 원 동전하고 비슷한 두께로 만들어 생리대 자판기를 털었다는 이야기, 들었어?"

"아니? 지금 너한테 듣는다, 이것아!"

나는 친구의 말에 대충 응수하며 나왔지. 그런데 화장실에 있던 여성 학생주임이 후다닥 내게 뛰어와 귀를 잡아당겼어.

"너구나. 네가 그 일의 주동자구나!"

나는 너무 어이가 없어서 입을 딱 벌렸지. 입 안에서 쇳내 같은 비릿함이 느껴졌어.

"저 아닌데요. 저는 지금 이야기를 들어서 알게 되었는데요?"

나의 저항에도 불구하고 학생주임이 내 귀를 더 세게 잡아당겼어. 친구는 웃으면서 도망가고 나는 끌려갈 수밖에 없었어.

학생주임이 저항하는 나를 힘겹게 끌고 들어가자 1학년 때

담임이 노려보았어. 나는 절망했지. 1학년 담임은 나를 매우 아꼈거든. 반장도 하고 학생회 일도 하는 나의 에너지를 정말 좋아했어. 그런데 그 순간 나를 노려본 후 고개를 돌려 완전히 외면해버린 거야. 그 이후의 일은 떠올리고 싶지도 않아. 학생실에서 어둑해질 때까지 갇혀 있었지. 생리대 자판기 털어버린 친구들 이름을 반성문에 적으면 보내주겠다고 협박했어. 그런데 누구 이름을 적어? 아무도 그런 사람이 없는데. 나는 아니라고, 그냥 그 소문을 들었을 뿐이라고. 같이 들으셨지 않냐고 계속 항변했으나 학생주임은 이렇게 말했어.

"그냥 아무나 써!"

아무것도 쓰지 못했어. 나는 공포에 시달렸고, 쓸 이름도 없었어. 벌벌 떨면서 무릎 꿇고 있었지. 퇴근 시간이 되자 학생주임이 나를 풀어주었어. 다음 날 어머니가 학교에 불려왔지. 그리고 그날 저녁, 나는 아버지에게 야구방망이로 엉덩이를 맞았어. 내 이야기는 듣지도 않고, 다짜고짜 체벌부터 한 거야. 나는 엎드려뻗쳐를 하고 매의 숫자를 세면서, 비명을 지르면서, 한편으로는 어리둥절했지. 왜 아버지는 나의 이야기를 들어주지 않을까, 왜 어른들은 진실 따위는 알려고 하지 않을까. 나는 여덟 대를 맞고 기절했어. 겨우 열다섯 살이었고, 나는 여성이었어. 기절하기 직전, 아버지가 이렇게 말했어. 깡패가 되려면 확실하게 깡패가 되라고. 확실하게 못 될 거면 정신 차리라고.

일주일 동안 학교에 가지 못했고, 그사이에 엄마는 전학 수속을 밟았어. 걸을 수도 없고 앉을 수도 없었는데, 아버지는 일주일이 지나자 억지로 학교에 데려다주었지. 높은 방석을 깔고 신음을 흘리며 의자에 앉아 수업을 들었고, 친구들은 수군거렸어. 쟤가 생리대 자판기를 털었다고? 쟤가 학생주임한테 대들었다고? 쟤가 친구들을 팔아넘겼다고?

나는 전학을 갔어. 그리고 지금까지도 억울한 상황은 해결되지 않았지. 나는 친구들 사이에서 일방적으로 벌어지는 끔찍한 학살보다 아버지가 더 원망스러웠어. 한 번만 내 이야기를 들어줬더라면, 그렇게까지 가혹한 체벌을 하지 않았더라면 어땠을까. 나의 마음이 갈기갈기 찢기지 않았을까? 곤경에 처했을 때 부모는 나의 구원자가 아닌가? 모두에게 버림받을 때 아버지 또한 진실을 들여다봐주지 않는 건가? 잘 모르겠어. 이미 그 일은 도려낼 수 없는 트라우마로 남았고, 어떤 추측이나 가정도 이제는 의미가 없으니.

고작 열다섯 살의 여자아이에게 어른들은 왜 그렇게 가혹했을까요. 서른다섯이 된 지금에 와서 생각해보면 열다섯이라는 나이는 얼마나 어리고 약한 순간인가요. 열다섯 살의 영주를 다시 만날 수 있다면. 공포와 당혹감 사이에 온몸과 온마음이 짓눌려버린 그 시절 영주를 만난다면. 함께 울어줄 수 있을 텐데. 아이처럼 엉엉 울며 제발 이 아이 말 좀 들어달라고, 그게 뭐 어려운 거냐고. 열다섯의 영주를 제 등 뒤로 숨겨두고 바락바락 소리를 지를 텐데. 단지 그 시절은 참 야만스러웠다, 라고 말하고 시간이 흐르는 걸 지켜보기엔 남은 흉터가 너무 크지 않나요.

저 역시 마찬가지인걸요. 제 이야기를 하는 시간을 통해서 정말 많은 걸 깨닫고 있습니다. 일단, 내가 나를 너무 방치했어요. 저는 제가 너무 애처로워요. 지금처럼 이렇게 지치지 않았다면, 좀 더 나은 사람이 되었을 텐데. 내 주위에 온통 챙겨야 할 사람들만 있어서, 그런 사람들 곁으로 내가 나를 몰아넣으며 나 스스로를 지금껏 혹사시켰구나 하는 생각이 들어요.

상담을 받으러 다니면서 남편과 대화를 시도했지만, 사실 별다른 변화는 없었어요. 그러다 어느 날 저도 모르게 남편을 인신공격했어요. 그것도 아주 자연스럽게 말이지요. 제가 한동안 남편에게 그런 말을 듣고 살았더니, 저도 모르게 인신공격하는 말이 튀어나왔어요. 이런 행동을 '미러링'이라고 하지요. 그런데 남편이 아주 이성적인 어조로 왜 그렇게 말하냐고, 우리 앞으로 이러지 않기로 하지 않았냐고, 다른 방식으로 말할 수 있지 않냐고 하는 거 아니겠어요? 저는 남편의 그런 태도에 매우 놀랐고, 남편이 무척 미웠어요. 이렇게 스스로 조절할 수 있는 사람이었으면서 지금껏 그렇게나 나를 힘들게 했던 건가?

임신 때부터 출산 후 2년 정도까지, 거의 3년 동안 저는 '사이좋은 부부'로 사는 것을 포기했었어요. 하지만 '남편'은 포기하더라도 '아빠'는 포기가 안 되더라고요. 남편이 제 아이에게만큼은 좋은 아빠여야 한다고 생각했어요. 그랬기에 스트레스는 더욱 심했죠. 제 생각에 좋은 아빠, 아니 좋은 부모는 아이를 잘 관찰하는 부모라고 생각하거든요. 아주 간단하죠. 아이를 유심히 바라보면 자연스럽게 아이가 무엇을 원하는지를 알게 되고, 그가 원하는 것을 채워주기 위해 내 행동을 바꾸면 되거든요. 하지만 남편은 육아에 적극적으로 참여하지 않았으니, 아이가 원하는 걸 전혀 알지 못했고, 그래서 제가 옆에서 남편을 닦달하게 되더라고요. "조금만 바라보면 간단히 알 수 있는 건데, 이걸 왜 못해!"라고 악을 질렀어요. 그런 저에게 질려 남편은 더 겉돌고. 집이 살얼음판이었어요.

육아는 저만의 일이 아니잖아요. 우리 두 사람의 아이니까요. 그런데 왜 육아의 모든 화살은 '모성'이라는 과녁에만 꽂히는 걸까요. 저는 모성이라는 게 뭔지 모르겠어요. 특히 우리 사회가 말하는 모성이라는 건 신화 같아요. 전설 속에서나 나오는 거죠. 물론 모든 엄마가 다 저 같지는 않겠죠. 그러니까 당연히 모든 모성이 같은 모양일 수 없는 건데, 왜 우리 사회는 다 같은 엄마의 모양을 바랄까요.

분노와 죄책감이 동시에 들어요. 나를 비롯한 모든 걸 부수고 싶다는 마음과 아이와 가정을 지키고자 하는 마음이 날마다 충돌하면서 점점 더 제가 괴물이 되어가는 것 같아요. 엄마라는, 아내라는 이름의 괴물. 이 괴물을 제 안에서 몰아낼 수 있을까요? 몰아낼 수 없다면 함께 살아야 하는 거 아닐까요? 안아줘야 하는 거 아닐까요? 제가 정말로 괴물까지 품을 수 있는 넓고 우아한 사람인 걸까요? 자꾸만 어지러워요.

아버지를 선택한다면

남성도 임신과 출산을 할 수 있게 된다면 어떨까, 하는 상상을 잠깐 했거든. 영화도 있었지. 아놀드 슈워제네거가 주연인, 남성이 임신하는 영화.

영화에서는 남성이 임신도 할 수 있지만, 영화와 현실은 다르니까. 현실의 육아 문제는 강력한 갈등과 대립의 시작점이 될 수밖에 없는 것 같아. 엄마라는 이름에만 요구되는 불합리한 목록들. 엄마를 갈아 넣어야만 아이가 살아갈 수 있다는 것 자체가 부조리이자 모순이잖아. 육아가 한쪽에게만 일방적으로 요구되는 것이 당연하다면 아이에게 아빠라는 존재는 어떤 의미인 걸까? 오히려 여성의 육아 전담을 당당하게 요구하는 사회와 남성들이 괴물인 것은 아닐까? 그리고 그들이 만든 일상은 여성에게 지옥이 되고 말지.

일상은 그런 거 같아. 겉으로 볼 때는 견고하고 견고해서 무너지지 않을 것 같은 순간들을 전시해. 나는 요즘 무사히 지내. 아무런 마음의 파동도 없이. 곧 나올 소시집 원고를 퇴고하고, 정리하고, 순서 배치를 하면서 시라는 가장 깊고 따뜻하고 아픈 세계로 들어가고 있어. 완전 소중 세계, 시. 내가 태어난 유일한 이유.

태어나보니 폐허였지만. 내가 선택한 것이 아니야. 그렇지만 태어나기 전의 나는 알고 있었을까. 인간이 다른 형태로 다시 태어날 수 있다는 것에 대해. 나는 천주교(냉담자)이지만 한국 사회는 뿌리 깊은 불교의 정서가 깔려 있으므로, 자연스레 윤회를 떠올리게 된다. 무엇으로든 다시 태어난다는 것이 우리의 슬픈 운명인 걸까. 내가 무엇으로 태어나든, 결국 폐허에 던져진다는 것을 알고 있었을까.

어떤 술자리에서 F가 말했어. 많은 학자가 공감한 바인데, 사실 우리는 아버지를 선택해서 태어난다고. F는 의학자인 아버지가 끝끝내 암 치료를 거부하고 돌아가셨지. 인간의 육체를 한평생 연구했으므로, 그 길을 선택한 것이라고 F가 그렇게 말을 하자 그 자리에 있던 G가 굉장히 상처받은 표정으로 분개했어.

"무슨 근거가 있어?"

F가 학자들을 알려주는 동안, 나도 모르게 G의 절망적인 표정을 보는 데에 집중하고 있었지. G는 아버지와의 뿌리 깊은 갈등 때문에 많이 다친 사람이었어.

아버지들이 문제일까. 그 아버지들의 아버지들이 문제일까. 아버지들의 아버지들의 아버지들이 문제일까. 나는 이 세계의 모든 아버지에게 궁금증이 생겼지. 나 또한 만약에 부모가 된다면, 아무리 조심한다 해도 아버지로 상징되는 기성세대의 오만과 교만, 자식에 대한 소유욕, 파쇼적 태도를 보일 수밖에 없지 않을까. 다른 것을 배우지 못했으니까. 우리 아버지들도, 아버지들의 아버지들도 다른 것은 배우지 못했을 거야. 물론 내가 스스로 열심히 공부하여 좋은 어른이 될 수도 있겠지.

그러나 나는 좋은 부모가 되고 싶은 마음이 생기지 않아. 너에게도 몇 번 말했지? 나의 흔적을 남기지 않고 이번 생에서 나라는 유전자를 잘 마무리하고 싶다고. 누군가가 내 유전자를 이어받아, 자신과 세계에 대한 불안 속에서 고통을 겪으며 살게 하고 싶지 않아.

그러니 깡지가 딸을 키우는 일을 나는 지지하고 응원해. 너의 딸이 사랑받으며 자란 기억들로 고통을 잘 감내할 수 있는 멋진 사람이 될 수 있도록. 아이 하나를 온 마을이 키워야 한다는 말이 있어. 나도 네 딸의 마을이 되고 싶어.

딩크족이 애를 안 낳는 이유로는 많은 것이 있겠지. 자신들의 삶을 즐기기 위해서일 수도 있고, 한국 사회에서 애를 키우기가 힘들기 때문이기도 할 테고, 여성에 대한 제도의 균형성이 깨져 있기도 하고, 세계에 인구가 넘쳐나기도 하고…… 그 밖에 여러 이유가 있겠지만 나는 태어나지도 않은 존재에게 미안함과 죄의식이 더 앞서는 것 같아.

존재하지 않으면 고통도 없으니까. 지구에는 너무 많은 아이가 태어나니까. 이 별에 사는 우리는 종족 유지라는 허상에 빠져 멸망을 향해 가고 있는지도 몰라. 나는 그 종족 유지가 싫은 거야. 그걸 선택하고 싶지 않아. 최고의 환경 운동은 자신이 일찍 죽는 것, 이라는 말도 있고.

그날 술자리에서 G는 F의 얼굴을 보려 하지 않았어. F는 말을 끝내고 확신에 찬 표정으로 우리를 둘러보았지. 모두 '그럴 수도 있지', 하는 심드렁한 반응이었지만 G는 끝끝내 싸늘한 표정이 되었어. 어떤 지옥은 자기 안에서 생성되기도 하니까. 나도 G의 편. F의 말도 흥미롭고 놀라운 부분이 있었지만 아직은 그 의견을 들을 준비가 되지 않은 거지. 너도 그럴까?

아버지가 술에 취해 귀가하는 날이면 엘레베이터가 11층에 다다르는 순간부터 알 수 있었다. '아버지가 온다.' 동생과 나는 그 순간부터 침대에 누워 자는 척을 했다. 아버지는 술에 취하면 꼭 현관문을 발로 찼다. "문 열어! 문 열라고!" 악을 질렀다. 그렇게 아버지가 집에 들어서는 순간부터 주정하는 것, 어머니와 싸우는 것, 어떤 방식으로 어디에 쓰러져 잠드는지까지의 모든 것을 눈을 꼭 감은 채로 오로지 소리를 통해 감각했다. 그렇게 아버지의 행동에 귀를 기울이다가 진짜로 잠에 빠지기까지 나는 극도의 공포를 느꼈다. '꼰대 또 시작이네' 하며 시니컬하게 넘겨지지 않았다. 나는 예민하고 예리한 기질을 지닌 아이였으니까. 아버지가 그렇게 행동했던 그 모든 순간이 아직 내 몸속에 남아 있다.

그렇게 한바탕 소동이 있는 다음 날 아침이면 어머니는 치약을 들고 가 현관문에 남은 아버지의 발자국을 지웠다. 나는 철문 앞에 쭈그려 앉아 남편의 발자국을 지우는 어머니의 등을 바라보며 학교에 갔다. 한 아이를 낳아 키우고 있는 나는 종종 그때의 그녀가 된다. 내 어머니는 남편의 발자국을 지우며 무슨 생각을 했을까. 나는 남편의 술주정 뒤치다꺼리를 하며 무슨 생각을 하고 있나. 내가 이것을 기록하는 것은 내 남편을 수치스럽게 하려는 것도, 내 아버지를 남사스럽게 하려는 것도 아니다. 그저 의아하다. 왜 내 어머니와 나는 30년의 차이를 두고 이토록 똑같은 모습으로 살고 있는가. 왜 나와 내 어머니는 각각 1990년대와 2020년대에서 아이를 키우면서 똑같은 형태로 숨죽여 울어야만 하는가.

그러니 나는 이제 이것을 말한다. 말하기로 결심하니 이것을 뛰어넘을 수 있게 된다. 말하는 것은 곧 기억하는 것, 기억하는 것은 곧 잊지 않겠다는 것. 잊지 않겠다는 것은 이것을 뛰어넘어 더 나은 것을 향하겠다는 것. 나의 언어를 통해 저 먼 곳으로 간다. 그곳으로 가는 길은 고될 것이다. 가다가 멈추는 날도, 온 곳으로 되돌아가야만 하는 날도 있겠지. 다 그만두고 싶어지는 날도 있을 거다. 그때마다 내가 말했던 것을 다시 꺼내 보자. 내 언어를 통해 세상에 남아 있는 이야기들. 그것이 추하거나 혹은 미약할지라도. 거기서부터 다시 걸어가면 된다.

나를 구하는 내 언어야, 부드럽고 단단한 사랑하는 나의 말語아. 양수에 뒤덮여 끈적이면서도 세상에 나오자마자 걸을 수 있는 순진한 동물처럼 뜨거운 내 언어야. 나는 너를 핥는다. 오랜 시간 동안 공들여 꼼꼼히. 펄쩍펄쩍 뛰는 너를 볼 거야. 바람을 가르며 불구덩이를 가뿐히 뛰어넘는 너를 기어이 보고야 말 거야. 네가 나의 성지이자, 무덤이다.

4

사랑:

세상
모든 사랑의
형태

소소한 차이가 모여서 폭발물이 되는 것

깡지야 생각나니. 너와 내가 비슷한 시기에 결혼했던 것.

네가 너무 일찍 결혼하는 것이 안타까웠어. 너의 젊음이 아깝고 또 아까워서 무척이나 말리고 싶었지. 하지만 나도 결혼하는 처지라 차마 그럴 수가 없었어. 내가 결혼할 때도 대부분이 반대했지. 그것이 어쩐지 서운해서, 나는 신경증 환자처럼 군 적이 많았어. 그러니 내가 어떻게 너의 결혼을 말릴 수 있었을까? 너무 웃기고도 슬프잖아.

결혼 이야기를 하고 싶은 것은 아니야. 그렇다면 사랑이라는 동일성에 대한 욕망, 동일성의 파괴에 대해 말하고 싶은 걸까. 그것도 잘 모르겠어. 사람을 사랑한다는 것이 뭘까 생각하게 돼. 사랑이란, 상대가 내 앞에 있어도 그 사람을 찾아 헤매는 일이 아닐까. 나는 그를 보고 있는데, 그와 마주 보고 그의 손을 잡고 있는데, 그는 점점 더 내가 모르는 해변으로 떠내려가고 있어. 따라가려 하지만, 처음 보는 해변이라서 나는 공포에 떨지.

결혼하고서도 나는 종종 홀로 이상한 해변에 던져져 있어. 그가 남기고 간 발자국도 하얀 포말에 지워지지. 너는 이런 느낌 잘 알 것 같아. 제주도 해변에는 이런 포말이 얼마나 찬란하게 부서져 있을까.

돌이켜보니 상담을 받을 때도 이런 이야기를 했지. 그는 자기만의 해변을 거닐면서 말이 없고 오로지 자기 생각에 빠져 있는 듯 보이는데, 그 경계를 침범할 수가 없다고. 나는 그 해변에서 같은 석양을 보고 싶은데 그는 자꾸만 사라진다고. 가끔 생각에 빠진 그의 어깨를 잡고 슬며시 물어보기도 해. 무슨 생각해? 그러면 아무 생각 안 해, 그냥 멍하니 있는 거야, 라고 대답해. 그 말이 맞다는 걸 알아. 예전에 그가 대부분 남성이 아무 말이 없을 때는 정말 할 말이 없는 거라고, 깊은 생각에 빠진 듯 보이는 것도 여성의 섬세한 눈길 때문이지 정작 남성들은 아무 생각이 없다고. 나는 그 말을 듣고 와하하 웃었는데, 막상 그가 그런 행동을 할 때면 왜 이렇게 불안한 걸까.

나는 많은 것을 그와 나누고 싶어서 이러쿵저러쿵 정보들을 쏟아내는데, 그는 별 대답이 없어. 성격 때문이기도 하겠지만 나는 어쩐지 서운해. 그는 아침에 일어나면 늘 환기를 하고 이불을 반듯하게 정리하는 사람인데 나는 뱀처럼 기어 나와서 화장실부터 가는 사람. 그는 내가 답답하진 않을까. 일부러 물어보지 않았어. 생활에서 차이를 느끼는 순간이 쌓이면 위험한 폭발물이 되지. 서로에게 강렬한 호기심을 느끼던 시기에는 나와 다른 모든 것이 매혹이었는데.

사랑을 느끼게 되는 시기적인 변화이기도 하겠지만, 결혼이 주는 제도화된 생활 때문이기도 할 거야. 일상을 공유한다는 건 서로의 차이를 차가운 온도로 나누는 것이 아닐까. 그 차이가 매혹이 아닌 불편함이 되는 것. 차이를 폭력적으로라도 좁히고 싶은 것. 그것이 결혼 생활이 아닐까.

나는 선한 그가 나 때문에 변하는 것 같아서 무서웠어. 그의 친구들이 내게 말해주었지. 그는 태어나서 단 두 명만 싫어한다고. 정치인 이 모와 박 모. 품이 넓은 그에게 욕을 먹는 두 사람이 얼마나 치욕적인지 알아야 한다고. 나는 그의 선함과 품 넓음을 사랑했고, 내가 어설프고 과잉된 행동을 해도 가만히 지켜보고 비난하지 않는 것이 너무나 고마웠어. 여성들은 평생을 비난과 평가에 시달리니까. 더구나 목소리도 크고 거칠게 행동하는 여성이 얼마나 탄압을 받는지. 탄압에 저항하려고 얼마나 더 과잉되는지. 엉망진창으로 끝난 젊은 시절의 연애들도 비난과 평가라는 폭력 속에서 서로를 불태우는 경험이었지. 그런데 그는 단 한 번도 나를 그런 고통에 밀어 넣지 않았어. 나는 그의 선비 같은 기질을 사랑했어.

그는 지금도 나를 비난하거나 평가하지 않아. 그런데 우리는 생활 방식의 차이가 살아가는 방식의 차이로 확대되는 상황에 자꾸 빠지게 돼. 그는 차갑고 냉정한 판단을 많이 내리는 편이야. 나는 대부분 감정적이지. 내가 느끼는 지옥 같은 감정을 들여다봐주길 원하는데, 그는 사태를 해결하려고 하지. 나는 그에게서 소외되고 있는 나를 발견해. 그러면서 나에게서 소외되고 있는 나를 발견하지.

그는 최선을 다하고 있다고 설명해. 남녀의 차이일 수도 있고 개인의 기질 차이일 수도 있는데, 나는 왜 그가 같은 마음과 같은 태도가 아닌지 너무 서운하고 억울해. 그는 혹시 변한 걸까. 마음이 복잡하고 어지러운, 상처로 모든 것이 뭉개진 나를 만나서 그가 바라는 평화가 산산이 부서진 걸까. 선한 사람이여, 그대는 누구인가. 그런 순간에는 내가 얼마나 사랑에 무지한 사람인지 깨닫고 스스로 지옥 불로 뛰어들고 싶지.

선생님은 내가 느끼는 것을 그에게 차근차근, 친절하게 설명해보라고 했어. 그런데 깡지야, 차근차근, 친절하게, 설명하는 일이 가능할까? 가장 사랑하는 사람, 가장 가깝다고 생각하는 사람, 잃게 될까 봐서 가장 두려운 사람에게 말이야.

사랑. 그중에서도 이성애 감정. 왜 이렇게 아득하게 느껴지죠. 요즘은 제가 정말 그런 것을 했었나 싶을 정도로 까마득한 감정이네요. 그러나 모든 것의 시작엔 그게 있었죠.

저는 20대 때 연애를 꽤 많이 한 편인데요. 연애라는 게 늘 순수한 기쁨으로 남을 수 있는 이유는 '끝'이 있기 때문인 거 같아요. 모든 연애의 끝에는 언제나 이별이 기다리고 있으니까요. 인생의 한 페이지를 넘기면 과거가 되어버리는 사랑은 얼마든지 기억의 왜곡과 삭제가 가능하고, 그것이 얼마나 축복이었는지요.

언니와 같은 2013년에 결혼을 했으니 저도 언니도 올해로 결혼 9년 차에 돌입했네요. 종종 결혼한 지 수십 년이 지났지만 한결같은 마음으로 사랑하며 살아간다는 부부들을 보게 되기도 하죠. 지금의 저로선 상상이 안 돼요. 수십 년을 함께 하면서 사람이 변하지 않는다는 게 어떤 식으로 가능한 걸까요. 한결같은 사람과 사는 건 행복할까요?

상담을 시작한 후로 저는 남편과의 관계를 개선하려고 부단히 애썼어요. 남편과의 관계가 제가 지닌 여러 가지 문제 중에서 가장 크게 도드라진 부분이었으니까요. 가장 아프고 크게 느끼는 병증을 따라 들어가보니 가부장이라는 더 거대한 원인을 마주하게 되었고 그 과정에서 저는 거시적 관점, 인생을 길게 보는 시각이라는 좋은 무기를 얻기도 했어요. 그러나 어떤 순간 제가 소중하게 생각했던 사랑이라는 것은 어딘가로 굴러가버렸어요. 사랑은 어디까지 굴러떨어져 있을까요?

얼마 전, 육아에 너무 지쳐서 제가 남편에게 힘들다고 토로한 적이 있었어요. 그러자 남편은 힘들다는 말 좀 그만하라고 하더라고요. 종일 밖에서 일하는 것이 얼마나 힘든지 아냐고, 본인의 강도 높은 노동에 대해 말하더군요. 그래서 제가 '나는 지금 누가 더 고통스러운가 겨뤄보자는 게 아니다. 내가 느끼는 고통이 우리의 아이와 연결되어 있고, 아이의 이야기를 하는 과정에서 내 고통에 대한 토로가 먼저 나온 것일 뿐'이라고 설명했죠. 그리고 내 고통에 대한 이야기가 도대체 왜 듣기 싫으냐고 물었어요. 남편은 제가 늘 그런 식으로 불평만 한다고 하더라고요. 저는 더 이상 아무런 말도 할 수 없었어요. 힘들다는 말 자체가 듣기 싫다는 사람에게 무슨 말을 할 수 있을까요.

상담을 받기 전보다 지금이 훨씬 나아진 건 맞지만, 외로운 건 똑같다고 느끼는 순간이었어요. 아니, 오히려 문제를 알기 전보다 지금이 좀 더 명징해진 느낌이에요. 외롭다는 걸 더 분명하게 깨달을 수 있으니까요. 상담사는 제가 느끼는 좌절은 너무나 당연한 거라고 말했었어요. 어떤 문제가 해결되는 과정은 직선으로 올라가는 그래프가 아니라 나선형으로, 그러나 분명히 상승하는 모양이라고요. 그렇다면 저는 지금 그 나선형 어딘가에서 추락의 기분을 느끼고 있는 걸까요.

젊었고, 아이가 없었고, 모든 가능성이 열려 있던 시절의 저는 사랑이 불같은 거라 생각했어요. 내가 가진 불꽃을 네게 던지고, 너는 그걸 또 나에게 던지고. 우리는 뜨겁게 불타올랐다 하얗게 재가 되고, 바로 그 재 속에서 다시 불타오르는 불사조 같은 존재들이었죠. 하지만 저는 변했어요. 30대가 되었고, 아이가 생겼고, 돌봐야 할 게 많아졌죠. 제가 가졌던 무한한 가능성이 돌봄 노동 사이로 한 개씩, 한 개씩, 사라져갔어요. 그건 퍽 서글픈 일이지만, 제가 얻은 것도 있으니 감수해야 한다고 생각해요. 그리고 당연히 사랑의 형태도 변화했지요. 저는 이제 사랑이 서로를 이해하고, 깊이 교감해주는 것이라 느껴요. 그런데 남편의 사랑은 어떻게 변한 걸까요? 아니면 아직도 젊었던 시절에 그 상태로 머물러 있는 걸까요? 잘 모르겠어요. 그를 이해하려고도 노력하다가도 이게 다 무슨 소용인가 싶어 그만두고, 그러다가 남편의 말이나 행동에 쉽게 상처받는 저를 보면 또 한심하고요. 상처받을 걸 알면서도 왜 또 기대를 했나 싶고요.

어쩌면 수십 년 동안 행복하게 해로하는 부부들은 한결같은 사랑을 가진 것이 아니라 비슷한 시기에 함께 변화하는 사랑의 모습을 가진 게 아닐까요. 저와 남편의 스텝은 조금씩 어긋나는 거 같아요. 삐, 걱, 삐, 걱. 절뚝이며 걷는 이 관계를 사랑이라고 부른다면 우리의 사랑은 아름다운 리듬 속에 있지 않네요.

마지막 희망일까

"한결같은 사랑을 가진 것이 아니라 비슷한 시기에 함께 변화하는" 것이라는 사랑에 대한 너의 정의가 정말 멋있구나. 그렇게만 갈 수 있다면…… 많은 것이 달라질 텐데.

사랑에 대해 냉소적이었던 나는 로맨스 영화도 재미없고 로맨스 소설도 잘 읽지 않았지. 당시 10대 사이에서 하이틴 로맨스 소설 돌려 읽기가 유행이었는데, 나는 콧방귀도 뀌지 않았어. 그런데 친구들이 하도 읽어보라고 닦달을 해서 한 편 읽어보았지. 미모의 여인이 얼굴도 모르는 남자의 글씨체를 보고 사랑하게 되는 이야기였어. 그 설정을 보고서 나는 미쳤나? 이런 생각부터 들었어. 말이야 방귀야. 만난 적도 없는데 글씨체만 보고 사랑에 빠진다는 것이 얼마나 허황한 소리인지, 정말 너무 웃긴다고 생각했거든. 몇 장 읽다가 덮었어.

그 이후에도 나는 사랑 시는 잘 읽지 않았던 거 같아. 시인을 좋아하더라도 그 시인이 쓴 사랑 시는 별 감흥이 없었어. 자기 낭만에만 꽉 차 있는 판타지라고, 대상을 자기가 멋대로 조립해서 표현하고 있다고 여겼어. 왜 그렇게 나는 사랑에 대해 냉소적이었을까.

어릴 적부터 내가 강하게 크길 원했던 아버지의 영향 때문인지 나는 중성적인 캐릭터로 자랐어. 여고에서 인기가 많았지. 나는 그 인기를 속으로 은근 좋아했어. 등교하면 책상에 빵과 우유, 초콜릿, 편지 등이 쌓여 있었고, 나는 그것을 무심한 척 주변에 나눠주었지. 편지는 대부분 비슷한 내용이었어. 사랑해요, 언니. 언니랑 친해지고 싶어요. 그때 나는 행복했을까? 당시에는 그 이미지를 계속 유지해야만 내가 빛날 수 있다고 여겼던 것 같아. 그래서 계속 멋있는 척을 했고, 내 안의 또 다른 욕망이나 감성은 억압되었지. 영주는 멋있어. 영주는 화끈하고 거침없어. 영주는 어쩌고저쩌고…….

여고를 졸업하고 대학에 가면서 머리를 길렀어. 원피스도 입었지. 그 모습을 본 여고 친구들은 충격을 받았던 것 같아. 어떻게 영주가 머리를 기를 수가 있어? 영주는 우리를 배신했어. 이런 말들을 자기들끼리만 나누는 것이 아니라 내게도 울며불며……. 나는 그때 내가 얼마나 가면을 쓰고 살았는지

절실히 깨달았어. 스스로에게까지 재단되고 있던 나의 이미지가 본래의 모습이 아니었다는 것.

나는 이성애자인데 당시에 그것이 나의 수치였어. 물론 기본적으로 남성을 좋아하지 않아. 하지만 이성애자는 맞거든. 그런데 그것이 나에게 왜 죄가 되었을까. 사랑에 대한 자연스러운 기대나 호기심, 설렘 등은 유치하고 어색하고 내 것이 아니라고 여겼어. '간지'가 떨어진다고. 내가 더욱 분노했던 것은 중성적인 나의 모습 때문에 많은 남성이 나를 함부로 대하고 무시한다는 점이었지. 여성은 외모로만 평가되는 대상인 것인가.

나는 그런 남성들을 용서할 수가 없었지. 그들이 기득권을 가지고 있다는 점이 너무 화가 났어. 나는 남성의 세계에서 강한 사람이 되어야겠다고 생각했어. 똑같이 돌려주어야 한다고 확신했기 때문에 나도 똑같이 남성의 외모를 평가하고 비난하고 무시했지. 남성을 외모로만 평가하는 대상으로 여겼어(지금 떠올려보면 너무 바보 같은 생각이었는데). 그런 나의 태도에 매력을 느껴서 다가오는 남성들과 간혹 연애를 하기도 했는데, 그럴 때 나는 그들의 진심을 매우 비웃었어. 쓰고 버린다는 기분으로 아슬아슬한 연애를 하다가 파탄 내기를 반복했지. 나는 사랑이라는 이름을 진심으로 받아들인 적이 한 번도 없는 괴물이 되었지. 그런 내 모습이 나에게는 어울린다고 자학했지.

모든 것이 외모 때문이라고 판단했어. 여고에서 인기가 많았던 것도 외모, 남성들에게 평가당했던 것도 외모, 외모 때문이라고. 인간이 하는 사랑은 껍데기밖에 없다고. 간혹 취향과 방향성이 맞아서 사랑하는 경우도 있지만 그것은 사랑이라 착각하는 일종의 의리일 뿐이라고. 그저 물고 빨고 하는 것만이 중요해서 서로에게 적당히 타협하며 몸을 이용할 뿐이라고. 인간에게 외모를 벗어난 영혼의 사랑 같은 것은 없다고.

사랑은 누구에게나 찾아오고 누구에게나 신비롭다는 것을 나는 아주 늦게 깨달았지. 사랑이 가까운 곳에 있고, 더불어 멀리 있고, 함께 하는 것이면서 독립적이어야 한다는 것을 깨닫기까지 나를 학대하고 그것을 즐기고 그러면서 분노했던 거야.

그 시간 속에서 내가 얼마나 처참했는지, 너는 알까. 나는 그를 만나기 전까지 내가 사랑받을 자격이 있고, 내가 사랑할 자격이 있다는 것을 한 번도 생각하지 않았어. 인간을 사랑할 수 있다는 사실 자체를 믿을 수 없었지. 나는 남녀를 불문하고 내게 호감을 먼저 보이는 사람들을 매우 경계했고, 의심스러워했어. 타인들의 사랑을 지켜보면서도 거대한 착각에 빠진 불행한 인간들이라고 여겼지. 인간은 얼마나 어리석은가, 되뇌면서. 그랬었기에 그와 결혼을 하기까지 정말 많은 갈등과 공포와 불안이 있었지.

그와 심하게 다툰 날 그는 내게 말했어.

"너 때문에, 너라서, 나는 지옥에 있어도 견딜 수 있는 거야."

나는 그때서야 알았던 것 같아. 사랑은 누구에게나 가능하다는 것. 인간의 마지막 희망은 사랑일지도 모르겠다는 것.

깡지야, 나는 상담 막바지에 이르렀지만 이런 말들을 하지 못했어. 어디서부터 이야기를 꺼내야 할지 몰랐거든. 그런데 나는 매번 헛갈린다. 인간에게 사랑은 희망일까? 정말 그런 걸까? 인간이 동일성에 대한 욕망을 버리지 않는 한, 사랑은 고통으로 얼룩지는 얇은 막 같은 것은 아닐까. 기울어진 각도로 누군가의 감정적 우위가 존재하는 한 사랑은 더없이 착각에 불과한 것은 아닐까. 그럼에도 불구하고 우리가 포기할 수 없는 것이 사랑일까.

찰랑찰랑, 사랑의 형태

언니의 유년 시절은 저의 유년 시절과 비슷한 부분이 많아요. 저 역시 중학생 때 유행처럼 번진 '이반' 문화에 편승해서 인기 깨나 누렸는데요……. 여자중학교에서 인기 있는 여자애 중 하나였어요. 하교하는 저를 1년 넘게 따라다니는 후배가 있었고, 무슨 무슨 데이 때마다 책상에 초콜릿과 사탕, 빼빼로가 있었죠. 당시에는 성 정체성을 헷갈리곤 했어요. 여자애들밖에 만날 수 없는 상황에서(여자 학교여도 남자애들을 만날 기회가 많다는 건 고등학생이 되어서야 알았어요.) 여자애들에게만 인기가 있으니까, 여자를 좋아해야 하는 건가? 하고 말이죠. 순진했죠. 지금은 내가 이성애자 여성이구나, 하고 느끼지만 종종 어떤 여성에게서는 섹슈얼한 매력을 느끼기도 하고, 제가 여성이라는 것에 의아함을 느끼기도 해요. 성 정체성이라는 것은 어떤 사람에게는 고정적이고, 어떤 사람에게는 가변적일 수도 있는 거 아닐까요?

불같은 사랑을 했었다고 말씀드렸었죠. 이제 깨달았어요. 사랑은 액체에요. 액체에 열을 가하면 기화되어 날아가버리고, 액체의 온도를 떨어트리면 단단히 굳어버리죠. 제 사랑은 과거에는 뜨거웠고, 지금은 아주 차가워요. 두 경우 모두 손으로 꽉 잡기엔 어려운 상태지요. 뜨겁거나 차가워도 손에는 화상을 입을 수 있잖아요. 제 손은 지금 온통 화상 자국이에요. 사랑을 잡으려다가 만신창이가 된 손을 바라보며 하염없이 울고 있어요. 그런데 손이라는 신체는 얼마나 많은 일을 하는 부위인가요. 우리가 하는 거의 모든 일은 손을 통해 이루어지잖아요. 먹고, 일하고, 심지어 사랑할 때도, 싸움할 때도 손은 최전선이죠. 그런 손이 화상으로 범벅이 되어버렸으니. 스스로가 무력하다고 느껴지고요, 막다른 길에 선 기분이에요.

상담을 시작한 이후로 남편과의 관계는 좀 더 예민한 상태로 접어들었어요. 제가 느끼고 있는 감정에 대해 남편에게 이야기해야 한다는 건 알게 되었지만, 어떤 방식으로 말해야 할지 아직 감이 잡히지 않아요. 대화를 시도했다가도 자꾸 싸움을 반복하고, 그러면 남편에게 실망하고, 실망한 제 모습에 다시 실망하고 있어요. 그 와중에 우리 두 사람은 함께 육아라는 거대한 산을 올라야 하는데……. 저와 남편은 서로의 모습에서 조력자를 찾지 못하고요. 남편은 육아에서 늘 한 발 빠져 있고. 우리는 서로에게 든든한 조력자가 아닌 훼방꾼일 뿐인 건지. 사방이 너무 추워요. 맨몸으로 설산을 오르는 기분이에요. 제 사랑은 저온 화상을 입힐 만큼 차갑고 딱딱해져만 가네요. 이 사랑이 다시 적정 온도를 찾을 수 있을까요? 그게 정말 가능할까요? 많은 부부가 차가워진 사랑에 데이고, 더 이상의 상처를 받지 않기 위해 사랑에서 멀찌감치 떨어진 상태로 살아가지 않나요? 그건 그 나름대로 살아갈 만한 걸까요? 그저 내가 세상에 내놓은 아이를 위해서 부모로의 기능만으로 존재하는 게? 사랑을, 결혼을 외롭고 험난한 길이라고 말하지 않고 사랑의 '완결'이라고 말한 자들의 입을 세게! 치고 싶네요.

사랑과 결혼은 동의어가 아니다. 하나는 불가능성이고 하나는 제도일 뿐이다.

그는 아름답고 복잡한 사람을 보면 외계인이라고 불렀다. 나는 그 명명이 마음에 들었다. 외계 이야기를 나누다가 내게 외계인, 이라고 장난처럼 부르기도 했다. 나도 외계인일 수 있을까. 내 안은 많은 것들이 뒤엉켜 있고 복잡하다. 하지만 내게서 아름다움은 무엇일까. 이곳 말고, 저곳. 저곳 너머 또 다른 세계. 그는 현실에 발붙이고 있으면서도 다른 세계를 탐험하는 경향이 있다. 특히 이집트 문명에 대한 의구심은 버리질 못한다.

우리는 서로 다른 시기에 각자 이집트 여행을 했다. 나는 터키를 거쳐 이집트로 들어갔는데, 이집트에 도착하자마자 놀라움은 몇십 배가 되었다. 터키도 좋아서 더 머물고 싶었는데 이집트는 그러한 느낌과 완전히 달랐다. 나는 압

도되었다. 그가 왜 이집트 문명의 기원에 대해 여러 의구심을 갖는지 공감이 가는 부분이 있다.

아름답고 복잡했다. 그리스 로마 문명과는 너무나 다른 이집트 문명에서 또 다른 숭고의 세계를 느꼈다. 나는 배를 타고 나일강을 건너면서 이곳을 뭐라고 설명해야 할지 영원히 알 수 없을 것이라는 느낌이 들었다. 그냥 이 시간은 다른 시간이라고, 아무런 정의가 필요 없는 시간이라고 생각했다.

나는 사랑에 대한 정의를 내려보려고 할 때마다 이집트에서의 놀라움이 떠오른다. 이것은 아름답고 복잡한 세계. 하지만 설명할 수 없는 세계. 다른 시간이자 정의가 필요 없는 내부의 시간. 외계인이거나 외계 문명이거나 외계 너머일지도. 영원히 사랑의 본질이 무엇인지 문장으로 기록할 수 없을 것이다. 사랑은 사랑에 접근하려는 가능성으로만 존재하지 않을까. 사랑에는 열정과 에너지가 있고 고통이 있다. 아름답지만 복잡하다. 그리고 우리는 인간이라는 나약함으로 영원토록 사랑을 향해 간다.

5

폭력:

우리
모두가
같은 일을
겪었지요

"너 참 예쁘구나" 다음엔?

언니, 이 이야기를 하기까지 오랜 시간이 걸렸습니다. 사실 이 이야기는 몇 번 말해졌던 이야기에요. 제 입에서, 제가 믿는 누군가의 귀로. 고통스럽게 흘렀었지요. 그러나 한 번도 기록하지는 못했던 이야기. 다시 말해, 기록하는 것이 언제나 두려웠던 이야기. 그래서 이제야 용기를 내는 이야기입니다.

어린 시절 저는 '예쁘장한 여자아이'였어요. 작은 얼굴에 쌍꺼풀진 큰 눈을 가졌다는 것만으로 어른들은 저에게 "너 참 예쁘구나."라는 말을 많이 했어요. 그런 소리를 들으면 언제나 "고맙습니다."라고 대답하는 거라고 교육받으며 자랐습니다. 당시는 그런 게 미덕이었지요. 외부의 평가에 대해 수동적인 태도를 보이는 것이 당연한 시절이었습니다. 그것이 한 사람의 고유한 가치를 오로지 외모에만 집중시키는 매우 무례한 행위였다는 것은 최근에 와서야 조금씩 드러나고 있지요.

물론 인간은 보편적으로 아름다움에 대한 갈망이 있지요. 시각을 가진 동물에게서 나타나는 아주 유구한 역사이기도 해요. 그러나 그 아름다움에 대한 욕망을 드러내는 방식은 시대가 변함에 따라 변화해야 하는 게 맞겠지요. 보다 세련되게, 타자를 배려하는 방식으로요. 한 사람의 아름다움이란 자신의 자존감에서부터 시작되는 것이지 다른 사람의 입에서 시작되는 것이 아니니까요.

그러나 어린 시절에 저는 "예쁘다"는 말에는 "고맙습니다"를 이어 붙이는 아이였어요. 말 잘 듣고, 예의 바르고 예쁜 아이. 그게 어린 시절 저의 역할이었으니까요. 그런데 "예쁘다"라고 말하며 다가오는 사람 중에서는 아름다움에 대한 발화에서 그치지 않는 자들도 있었습니다. 어린 저를 이상한 눈길로 바라본다거나 만지려고 하는 자들이 있었죠. 저는 늘 의아했어요. "예쁘다" 뒤에는 응당 "고맙습니다"가 따라와야 하는데, 이런 상황은 "도와주세요!"나 "그러지 마세요!"가 와야 하는 거 아닌가? 도대체 나는 어떻게 해야 하는가? 어린 저를 이해시켜주는 사람은 아무도 없었어요.

저는 청소년이 되었습니다. 아버지와 살았던 저는 종종 술에 취한 아버지를 데리러 아버지의 지인들이 함께 있는 자리에 가는 일이 있었습니다. 그때마다 한 사람에게서 늘 불쾌한 느낌을 받았어요. 그 사람이 아버지와 제일 친한 사람이었기에 그 느낌은 자주 반복되었습니다. 그러던 어느 날 밤이었어요. 반지하 집에 혼자 있는데, 아버지와 그 사람이 만취한 채로 쓰러지듯 들어왔습니다. 두 사람 다 몸을 못 가누고 있었어요. 아버지와 그 사람은 방바닥에 널브러져서 조금씩 조금씩 꿈틀거렸습니다. 그러다 그 사람이 말했어요. "우리 예쁜 지혜, 아저씨가 성폭행 한번 해야 하는데, 아, 우리 예쁜 지혜." 저는 그 소리를 듣자 온몸이 굳었어요. 그리고 그 사람은 손을 뻗어 제 발이 있는 곳 쪽을 점점 더듬어 왔습니다. 바닥을 기면서. 그때, 저는 발을 뗄 수 없었습니다. 도망칠 수도 없었어요. 너무 무서웠어요. 아무것도 하지 못했어요. 그 사람의 손이 미처 제 발에 닿기 전에 그는 곯아떨어졌습니다. 이를 갈더군요. 저는 태어나서 처음으로 사람의 이 가는 소리를 들었습니다. 지금도 저는 이 가는 소리를 두려워해요. 그 소리가 제 몸 깊은 곳에 아직도 남아 있는 것 같아요.

잠시 멍했던 저는 방으로 들어가 문을 잠그고, 컴퓨터로 메신저에 접속했어요. 남동생에게 연락했습니다. 지금 당장 집으로 오라고. 너무 무섭다고. 제발 살려달라고. 동생에게 자초

지종을 설명하자 친구네서 놀고 있던 동생이 헐레벌떡 집으로 왔습니다. 동생이 올 때까지 어느 정도 시간이 흘렀는지는 기억나지 않습니다. 지금 기억나는 것은 동생이 와서 집 밖으로 나갔고, 좀 더 어두운 골목으로 갔고, 벌벌 떨었고, 동생이 저에게 담배를 권했고, 앳된 얼굴의 저와 동생이 담배를 피우며 한참을 골목에서 서성였다는 것. 그러나 결국 돌아갈 곳이 집밖에 없었다는 것. 어둡고 두려운 반지하의 작은 제 방으로 돌아가 그 사람의 이 가는 소리를 들으며 아침을 기다렸다는 것입니다. 만일 그때 동생이 없었다면 어땠을까요? 저와 동생은 어린 학생 주제에 담배를 피우는 비행 청소년이었을까요? 저는 왜 그 말을 들었을 때 바로 집 밖으로 뛰쳐나가지 못했을까요? 얼마나 많은 아이가 이런 상황에 노출되었을까요?

제가 그날의 고통에서 아직도 벗어나지 못하는 이유는 그 후에 있었던 일 때문입니다. 저는 아버지에게 그날의 일을 말했어요. 제 이야기를 다 듣고 나서 아버지는 아무 말도 하지 않았습니다. 그 사람에게도 아무런 조치도 취하지 않았을 테지요. 누구도 저에게 사과하지 않았고, 그 후에도 아버지는 그 사람과 만남을 이어갔어요. 심지어 당시에 그와 매우 친했던 아버지는 자식이 없는 그 사람에게 저와 동생 중 한 명을 양자로 보내려고 생각했다고까지 말했어요. 짐작컨대 장손인

제 동생을 양자로 보내진 않았을 테니 양자 이야기가 나온 건 아마 저를 두고 한 말이었겠지요. 뭐가 어떻게 돌아가는지 알 수 없었어요.

서른이 훌쩍 넘은 지금에서야 그 당시의 상황을 정확히 이해하게 되었습니다. 아버지는 저를 지켜주지 않았습니다. 부모는 자식을 지켜야 하는 것 아닌가요? 그 후 아버지와 그 사람이 사이가 틀어지는 일이 발생합니다. 그 사람이 아버지의 명의를 도용한 일이 밝혀져서요. 그 일을 계기로 두 사람이 더는 만나지 않게 되어 저는 얼마나 기뻤는지 몰라요.

시간은 무심히 흘렀고 저는 상처를 안은 채로 자랐습니다. 그런데 제가 대학생일 때 집 앞 버스 정류장에서 그 사람을 다시 보게 됩니다. 그 사람의 얼굴을 절대 잊을 수 없기 때문에 버스에서 채 내리기도 전에 단박에 알아보았어요. 그 사람은 그때도 취해 있었습니다. 버스에서 내려 냅다 뛰었고 몸을 숨겼습니다. 온몸이 벌벌 떨렸습니다. 다행히 그 사람은 저를 보지 못했어요. 집에 가보니 아버지가 취한 상태로 자고 있더군요. 알고 보니 그날 두 사람은 화해 기념으로 술을 마신 것이었어요.

그 무렵 동생은 군대에 가 있었어요. 그 사람을 버스 정류장에서 본 날을 기점으로 저는 밖으로 돌았습니다. 아버지는 버스 운전을 해서 일주일씩 번갈아가며 오전과 오후에 일했는데요, 그 시간을 이용해서 아버지를 마주치지 않도록 애썼어요. 아버지가 새벽 3시에 일을 나가는 날에는 새벽 3시까지 술을 먹고 집으로 들어왔고, 낮 1시에 일을 나가는 날에는 아버지가 자는 틈에 집을 나섰습니다. 후일 아버지는 제가 대학생 때 집에 붙어 있던 적이 없었다고 성토했는데, 제가 왜 그랬는지는 아마 영원히 모를 거예요. 아버지는 저를 지켜주지 않았고, 저는 집에 있는 시간이 괴로웠어요. 사람들 속으로 저를 숨기는 것밖에는 할 수 있는 게 없었어요. 지금에 와서 그때를 돌아보면 20대 초반에 저는 알코올 의존도가 꽤 높았어요. 혹시라도 아버지가 있는 시간에 집에 가야 하면 집 앞 호프집에 앉아 혼자 소주 한 병을 마시고 들어갔거든요. 맨정신에 아버지랑 단둘이 있는 시간을 견딜 수 없었습니다.

그렇게 아버지와의 관계가 망가진 채로 20대를 보내다 어떤 타이밍으로 인해 결혼하게 되면서 새로운 갈등 국면에 접어든 거죠. 아버지에게서 벗어나고 싶었어요. 그것이 제 결혼의 모든 이유는 절대 아니지만, 저는 저를 지켜줄 사람을 찾고 있었던 것 같아요. 남편은 제 아버지와 달리 화목한 가정에서 자라 구김이 없고 유머러스한 친구예요. 그 점이 매력적으로 보였습니다. 그러나 우리 사회의 관습적 결혼이라는 것은 참으로 이상해요. 그 수많은 개성이 존재하는 다양한 남자들을 판에 박힌 '남편', 또는 '아버지'로 만들어버리는 것을 숱

하게 목도하며 살아갑니다. 안타까웠다가, 분노했다가, 원망했다가, 포기하게 됩니다.

괴로운 이야기가 너무 길어졌네요. 아마 답장을 하기에도 어려울 것이라 생각돼요. 괜한 이야기를 한 건 아닐까 하는 생각도 들고요. 지금도 그때를 생각하면 고통이 스멀스멀 새어 나와요. 당시에는 당혹감과 공포가 지배적이었다면 지금은 분노가 더해졌어요. 왜 아무도 나에게 사과하지 않았나? 아버지는 무엇을 했나? 아버지와 그 사람은 왜 아무 일도 없었다는 듯 다시 만났나? 내가 당한 일이 아버지에게는 아무런 의미가 없나? 이 일을 기억은 하나? 저는 아무도, 아무것도 용서하지 않았어요.

이 편지를 받고서 나는 한참이나 망설였어. 답장을 어떻게 할 수 있을까. 무슨 말을 해야 할까. 중간까지 읽다가 우는 바람에 화장은 엉망진창이 되어버렸네. 나는 너와 편지를 주고받으면서 웃고 울고 고통을 나눠 갖게 되는 것이 얼마나 소중한지 다시 한번 깨달았어. 우리가 함께여서 이렇게 내밀한 이야기도 할 수 있는 것이 아닐까. 네가 내게 말해주어서 너무나 고맙다고, 겨우 그런 말밖에 할 수가 없구나.

아무도 지켜주지 않았던 그 시절의 수많은 소녀, 그리고 지금의 소녀들. 여성이라면 느껴봤을 위협. 공포. 이것이 현실이라는 것을 모두가 받아들여야만 해. 외면하거나 방치해서는 절대 안 되는 것. 우리가 함께 살아가기 위한 과정이라는 것.

네 편지를 읽으니 잊고 있던 기억이 떠오른다. 나도 10대 시절 아버지가 친구분들하고 집에서 술을 드시면 술 따르라는 요구를 자주 받았어. 웃으면서 인사하고, 아저씨들의 술잔이 비게 되면 알아서 술을 따르라고. 그런 요구를 당당하게 해도 이상하게 생각하지 않는 문화였지. 어느 순간부터는 아버지가 부르지 않았는데도 아버지 친구가 나를 불러 술을 따르라고 했어. 그리고 나를 보며 징그럽게 웃고 허벅지에 손을 올렸지. 나는 아버지가 화장실 간 틈을 타 아저씨 눈을 똑바로 마주하고 나지막이 욕을 했어. 정말 제대로 맛깔나게 했기 때문에 아저씨는 흠칫했지(내가 10대 시절에 욕 좀 하는 언니였거든). 나중에 아버지한테 내가 자신에게 쌍욕을 했다고 이르는 바람에 손바닥을 맞았지만.

나는 대들었어. 내가 왜 술을 따르냐, 아저씨는 손이 부러졌냐, 그리고 기분 나쁜데 내가 왜 웃어야 하냐고. 아버지는 내가 성격이 너무 거칠고 따지는 게 많아서 사회생활 못할 거라고, 유들유들하게 살아야 한다고 진지하게 충고를 하셨지.

아저씨는 결국 아버지에게 보증을 서게 하고 사업을 말아먹은 뒤에 중국으로 도망쳤어. 우리 가족의 삶이 그때 와장창 무너졌지. 아버지는 사업체를 정리하고, 아파트를 팔고, 차도

팔았어. 남은 것은 빚뿐. 부모님은 시골로 이사하고, 나는 학교 앞에서 자취하게 된 거야. 그 시절에 어머니는 참 많이도 우셨어. 자취하는 나를 찾아와서 울고, 시골로 내려가면서 울고. 나는 엄마의 울음을 볼 때마다 그야말로 가슴이 찢어지는 것 같아 괜히 화를 냈어. 아버지는 이제야 말씀하셔. "우리 딸이 그 새끼를 너무 싫어했는데. 나는 왜 눈치를 못 챘을까."

나는 소소하게라도 저항할 수 있었는데, 너는 그 공포 속에 고스란히 노출되어 있었다고 생각하니 정말 피가 거꾸로 솟는 기분이다.

인간이 끔찍한 것은 어느 순간 악한 본질이 튀어나온다는 거야. 약자를 보면 짓밟고 싶어 하는 본능 같은 것. 그렇게 자신의 존재를 확인받고 싶어 하는 것. 남성들에게 약자인 여성을 성적으로 대상화하고 도구화하는 것이 당연한 것처럼 여겨지던 시절에는 더욱 많은 폭력이 있었겠지. 술에 취해 폭력을 행사한다면 오히려 가중 처벌을 해야 하는데. 아마 대부분 남성이 이런 문제에 대해 개입하고 싶어 하지 않을 거야. 조금씩은 그런 문화의 혜택을 받았을 테니까. 모른 척 넘어가고 싶겠지. 자신들의 일이 아니고, 기득권을 포기할 수 없기 때문에라도 외면하고 방치하겠지.

알아야만 해. 공동체를 이루고 살아간다는 것은 약자의 희생으로 유지되지 않는다는 것. 한쪽에게 희생을 요구한다면 결국 모두가 파멸로 간다는 것을. 약자를 억압하는 행위에서 자신마저 부서진다는 것을.

폭력을 정의하는 언어가 더 많이 필요해요

답장을 받고 정말 놀랐어요. 저 역시 아버지 친구 중에 그런 사람이 있었거든요. 지난 편지에 말한 사람과는 또 다른, 아버지와 친하게 지내던 사람이었는데요. 그 사람은 제가 대학생 때 살던 아파트 바로 앞 동에 살았고, '엄마가 없는' 아이들과, '아내가 없는' 남편이 사는 우리 집을 챙겨준다는 목적으로 자주 드나들었어요. 지금 생각해보면 엄마가 없이도 저와 제 동생은 잘 자랐고, 우리 집에 밑반찬 같은 걸 만들어준 사람은 그 사람의 아내였어요. 아내가 해준 반찬을 가지고 우리 집에 드나들면서 저에게 성희롱을 일삼았던 그 사람과 언니에게 술을 따르라고 했던 그 사람은 같은 사람인 걸까요?

그 사람의 가족과 우리 가족은 자주 저녁을 함께 먹었고,

그 사람은 본인의 아내와 자식들이(제 기억으로 그의 자식들은 초등학생이었어요.) 있는 앞에서 제 허벅지에 손을 댔고, 징그러운 시선을 보내는 일을 서슴지 않았습니다. 그런 일이 있고 나서 시간이 흘러, '시선 강간'이라는 언어가 등장했을 때, 저는 단번에 그게 무슨 뜻인지 알아들을 수 있었어요. 그 사람이 저에게 "지혜는 정말 예쁘게 입고 다니는구나."라고 말하며 눈빛으로 제 온몸을 더듬던 순간을 생생하게 기억하고 있으니까요.

그 모든 것이 혐오에 기반한다는 것을 모르는 사람들. 그런 사람들 사이에서 여자애 혼자 스스로를 지키는 건 너무 어려운 일이었어요. 여자애들끼리 모인 술자리에서 누군가 자신이 겪었던 성폭력 이야기를 꺼내면, "나도, 나도" 하며 누구나 말하게 되는 일은 너무나 흔하지요. 왜 이런 장면이 흔한 장면이 되어야 하나요? 제가 이렇게 말하면 '이제와서 미투라도 하는 거냐. 그 당시에는 왜 아무런 행동도 하지 못했냐.' '아버지 지인의 이야기를 하는 건 아버지 역시 욕되게 하는 거다.' 라고 말하는 사람도 있겠지요. 그 또한 너무나 뻔하고 흔한 장면입니다.

그럼에도 이 일을 기록하는 이유는, 제가 상담을 받기 시작한 것과 같은 맥락이에요. 제 딸을 위해서. 내 딸은 이런 일을 겪게 하지 않기 위해서입니다. 기록에는 그런 힘이 있지요.

글자로 남겨두면 그것을 읽은 사람 중에서는 부끄러워하거나, 분노하거나, 뜨끔하는 이들이 있겠지요. 그리고 또 현명한 누군가는 방법을 찾아낼 거예요. 어떻게 하면 이 아이를 지킬 수 있을까 고민하겠지요. 저는 이제 저를 지키는 사람이 아버지도, 남편도 아닌 저 자신이라는 것을 알아요. 물론 이 이야기를 쓰는 내내 아팠고 아직도 고통은 기억 저편으로 사라지지 않았어요. 하지만 자신이 겪었던 고통에 대해 글을 써준 다른 사람들 덕분에, 그 글을 읽으며 한 걸음씩 앞으로 나아갈 수 있었습니다. 그래서 저도 씁니다. 제 고통과 아픔을 딛고 다음으로 나아갈 저의, 모두의, 딸을 위해.

성폭력 사건이 크게 이슈로 떠돌 때 남편과 나는 종종 날 선 대화를 한다. 한 여성이 당한 상습적인 폭력에 대하여 내가 말하면, 남편은 피해자에 대한 '피해자다움'과 '가해자의 입장'에 대해 이야기한다. 속에서 천불이 나는데도 불구하고 나는 스스로에게 끊임없이 되뇐다. 나는 남편이 아주 평범한, 가족을 사랑하고 아내와 딸을 사랑하는 평범한 대한민국의 남성이라는 걸 잘 알고 있다. 여성에게 위해를 가할 생각이 없고 누군가를 성적으로 핍박하지도 않은 사람이라는 것을 아주 잘 알고 있다. 그런 사람이기에 내가 선택하여 결혼이라는 제도 속으로 내 발로 걸어 들어왔다는 것 역시 잘 알고 있다.

내가 말하고자 하는 것은 남편의 태도가 잘못되었다는 데 방점을 찍지 않는다. 남편은 자신이 살아온 세상에서의 상식과 잣대를 가지고 있을 뿐이다.

다만 그가 사는 세상과 내가 사는 세상이 애초부터 달랐던 것 뿐이다. 그렇게 다른 세상에서 살던 우리가 딸을 낳았다. 영화 〈업사이드 다운〉에는 서로 다른 중력이 작용하는 공간에 사는 주인공들이 등장한다. 그들은 자신을 태워가면서까지 상대방의 중력 안으로 들어가려고 한다. 그래야만 두 사람이 함께 할 수 있으니까. 그러나 다른 방향으로 작용하는 중력의 힘은 쉽게 이길 수 있는 존재가 아니다. 그랬던 두 사람이 그토록 강력한 중력을 이기게 되는 것은 새로운 생명의 등장으로 가능해진다. 나와 남편은 딸을 만들었고, 그를 세상에 내놓았다. 우리는 이 존재를 함께 지켜야 할 의무가 있다.

그렇기 때문에 내가 말하고자 하는 것은 딸의 미래와 안전한 삶에 방점을 찍게 되었다. 그렇게 될 수밖에 없는 것이다. 나는 농담을 섞어 남편에게 말한다. "이해할 수 없다면 외워. 그게 네 딸이 살아갈 세상을 바꾸게 될 테니까." 남편은 내 말을 어디까지 받아들이고 있을까. 사랑과 존중의 방식이 상대방에 대한 이해라는 걸. 그 이해는 상대방이 겪는 고통에 대한 공감에서부터 출발한다는 걸. 딸을 낳은 지금은 조금, 알게 되었을까? 내가 남편의 중력을, 남편은 나의 중력을 서로 품게 된다면 우리는 얼마나 더 자유로워질까? 그렇게만 된다면 우리는 땅을 걷고, 하늘을 걷고, 땅을 유영하고, 하늘을 유영

할 수 있게 될 것이다. 서로를 알게 된다는 건 누군가의 패배가 아니라 모두의 승리라는 걸 많은 사람이 알았으면 좋겠다.

6

자기 돌봄:

내가 꼭 나를 사랑해야 하나?

가장 화해가 어려운 존재, 내 몸

샤워하고 나와서 거울 앞에 서요. 수유로 인해 비대칭적으로 늘어진 가슴, 임신과 출산 후 호르몬 변화로 인해 목과 쇄골 주위에 생긴 섬유종, 피지선 자극으로 인해 트러블 피부가 된 얼굴, 퍼진 엉덩이와 배, 허벅지. 얼마 전 사고로 인해 생긴 양쪽 무릎에 찰과상 흉터까지……. 옷으로 가려져 있을 때는 제 몸에 대해 아무 생각 없다가도 실오라기 하나 걸치지 않은 상태의 나를 보았을 때 느껴지는 낯섦, 그리고 불편함. 저는 제 몸과 화해하는 게 너무 어려워요. 세상에서 가장 어려운 일처럼 느껴져요.

탄수화물을 끊고, 성분도 정체도 알 수 없는 다이어트약을 먹어가며 극단적인 다이어트를 했던 때가 있었어요. 결혼식을 앞두고 있었고, 당시에는 '예비 신부'라면 누구나 다이어트를 하는 거였으니까요. 20대 후반이었던 당시 제 몸무게는 52kg이었는데 46kg까지 다이어트를 했었어요. 결혼식 직전 160cm에 46kg이 되었어요. 세상 사람들이 '날씬하다' '옷 태가 난다' '예쁘다'고 말하는 몸이 되었죠. 결혼식 이후 요요가 왔고, 시간이 지나면서 52kg에서 54kg으로, 54kg에서 56kg이 되었어요. 제가 그 당시 몸무게를 기억하고 있는 이유는 그만큼 몸무게에 대해 생각을 많이 하고 살았기 때문이겠죠. 그래도 괜찮았어요. 다른 사람들에게서 한 번도 '살이 쪘다'거나 '보기에 별로다'는 말을 들은 적 없었으니까요.

그러다 임신을 하면서 외모에 대한 자존감이 사라지는 것을 경험했어요. 저는 임신이 몸에 맞는 체질이 아니었어요. 끊임없이 탄수화물이 당겼고(원래도 많이 먹는 편이지만 임신 때는 허기가 지면 곧바로 구역질이 나는 일명 '먹덧'을 하면서 폭발적으로 탄수화물을 먹었어요.), 피부가 망가졌고, 붓기가 빠지질 않았어요. 임신 마지막 달에 제 몸무게는 75kg이었어요. 체중이 급격하게 불어나자 관절들은 비명을 질렀어요. 맞는 옷도, 신발도 없었어요. 1994년 이후 27년 만에 가장 더운 여름이었다는 2018년의 여름에 산달이었던 저는 '표면적이 넓어지면 더위도 더 많이 느끼게 되는구나.'라고 깨달으며 하루하루를 보냈어요. 허벅지와 사타구니 사이, 겨드랑이에 땀이 차고, 불어난 가슴 밑으로도 땀이 찼어요. 더웠어요. 말도 못 하게 더웠어요. 그 와중에 배 속 아기는 태어나는 그 순간까지 일반적인 태아의 성장 속도보다 2~3주 더디게 자랐어요. 줄곧 역아여서 역아를 돌리는 자세를 자주 했음에도 한 번도 제자리를 잡지 않았어요. 혼자서는 발톱도 제대로 깎을 수가 없게 되었을 때, 낑낑거리며 임부복을 입고 있는 저에게 남편은 조롱의 말을 던졌어요. 아주 분명하고 노골적으로요.
"허벅지로 애 낳냐?"

자연스럽게 아이가 생기면 낳자는 생각은 정말 단순하고 무지한 생각이었어요. 임신, 출산, 육아는 아무 생각 없이 '닥치면 하게 되는' 것이 아니라 '배우고 또 배워야 하는' 과정인데 말이죠. 호르몬 폭풍이 몰아치는 제 몸에 대해 남편은 별 관심이 없었어요. 저는 임신 기간 동안 남편에게 그 어떤 배려도 받지 못했어요. 혹자는 너무 나쁜 것만 기억하는 게 아니냐고 반문할 수 있겠지만, 아니에요. 저는 임신 기간 내내 지옥에 살았어요. 자연스럽게 태교도 하지 않았어요. 임신한 내 몸 자체가 받아들여지지 않는데, 태교라뇨? 저는 임신으로 부풀어 오르는 몸과 끝내 화해하지 못한 상태로 출산했어요.

조리원에 있는 일주일 동안 7kg이 빠졌어요. '아, 진짜 이게 다 부기였구나!' 안도의 마음이 들었어요. '이제 곧 원래 내 몸으로 돌아갈 수 있겠지.' 섣부른 생각을 했죠. 조리원에서 나와 집으로 돌아오니 수유라는 거대한 산이 기다리고 있었어요. 실제로 조리원에서는 산모의 몸을 조리한다는 목적 이외에도 가장 중요하게 여겨지는 것이 모유 수유에요. 아기에게 모유를 잘 물리기 위한 교육과 훈련을 해요. 아기의 입에 젖꼭지를 어떤 방향으로, 어떤 세기로, 어떤 속도로 물려야 하는지. 아기의 뱃구레를 늘리기 위해 얼마나 수유를 해야 하는지. 유축기로 짜놓은 모유와 분유는 어느 정도 비율로 제공해야 하는지를 배우죠. 수유실에는 산모들이 죽 앉아서 발판에 한쪽 발을 올리고, 발 올린 쪽 가슴을 옷 밖으로 꺼내고 본인의 아기에게 젖꼭지를 물리고, 물리고, 물리는 풍경이 반복되죠. 저는 그 풍경을 보는 것이 너무 힘들었어요. 분명히 온 세상이 아기에게 젖을 물리는 어머니의 모습은 아름다운 거라고 말하지 않았나요? 아니요, 제게는 아름다워 보이지 않았어요. 수유하는 산모들 모두가 너무 힘들어 보였고, 지쳐 보였고, 어리둥절해 보였어요.

집으로 돌아와서도 마찬가지였어요. 최악의 여름 한가운데 태어난 아이에게 2시간에 한 번씩 젖을 물리는 일은 덥고, 졸리고, 매번 해도 적응이 안 되는 일이었어요. 제 마음이 이려면 주위 사람이라도 저를 보듬고 응원해줬어야 했는데, 남편은 그 모든 과정에 대해 끝내 무지했어요. 심지어 이상한 이중 잣대로 저를 재단하기 시작했어요. 아이는 잘 먹어야 하지만 출산했으니 이제 다시 출산 전 몸으로 돌아가야 한다는 것이었죠. 말은 그럴싸했어요. 아이를 잘 키워야 하니 잘 먹고, 다시 날씬해져라. 지금 생각하니까 정말……. 그게 무슨 말도 안 되는 소리죠?

그러던 어느 날, 남편이 수유하고 있던 저에게 또 한 번 비수를 꽂는 말을 내뱉었어요. “엄마처럼 뚱뚱해지면 어떡해. 하루에 두 번만 먹여.” 본인은 농담이랍시고 한 말이었을 테지요. 그날, 또다시 많은 게 무너졌어요. 이 작은 아이를 먹여 살려가며 임신-출산 우울증에서 겨우 버티고 있었는데. 저는 아무 잘못도 하지 않았잖아요. 그저 임신했고, 몸이 변했고, 변한 몸의 모든 구성이 아이를 키우는 것에 맞춰져 있으니 그 기능을 실행했을 뿐인데요. 저는 왜 조롱과 멸시의 대상이 되어야 했을까요? 전혀 이해할 수 없었고 상처는 깊었어요. 아이가 조금씩 성장할 때 저는 점점 나락으로 떨어졌어요.

너의 편지를 읽을 때마다 정말 놀라움의 연속인데…… 왜냐하면 네 상황이 너무나 생생하게 그려지기 때문이야. 너의 탁월한 묘사 덕분이기도 하겠지만 네 심정이 어땠을지 상상이 되고, 정말 공감이 되니까. 여성에게 주어진 수많은 코르셋을 스스로 벗어던지기까지, 얼마나 많은 상처가 생겨나는 걸까.

누구나 몸에 대한 억압에서 쉽게 벗어나지 못할 거야. 임신과 출산이라고 하는 인생의 가장 큰 변곡점에서 인간의 신체가 변화하는 것은 당연한 일인데, 직접 겪어내고 있는 사람이 얼마나 힘들고 괴로울지 모르는 것일까. 나는 이 편지를 읽으면서 답답해서 미칠 뻔했어.

몸에 대해 말을 하자면…… 진짜 할 말이 많구나. 나도 나 자신을 학대하는 데 익숙했던 시절이 있으니까. 나는 초등학교 6학년 때 생리를 시작하고 키도 훌쩍 컸지. 얼굴에 여드름도 수북했어. 그때 키가 159cm였으니 성인이 될 때까지 6cm밖에 안 자란 거야. 가슴도 커지고 이차성징이 본격화되었을 무렵이지. 어머니는 당당하게 허리를 펴고 다니라고 주입했지만 나는 갑자기 변화하는 몸에 대한 공포가 심했어. 그리고 남학생들이 브래지어 끈 잡아당기기, 치마 들어 올리기 등등 장난인 듯 성추행을 했지. 무엇보다 당시 담임이 젊은 남교사였는데, 자습 시간이면 키가 큰 여학생들을 뒤에서 끌어안고 가슴을 만졌어. 끔찍하지 않니? 모두가 말을 할 수 없도록 공평하게 성추행을 한 거지. 남학생들은 낄낄거리고. 덕분에 자기들도 계속 여학생들의 몸을 만질 수 있으니.

나는 당시 반장이었는데, 그 모습을 계속 목격하게 되니까 너무 혼란스러웠어. 누구한테 도움을 요청해야 할지 판단이 서질 않았어. 어느 날 담임이 내 등 뒤로 다가오는 느낌이 들었고, 나는 동물적 감각으로 가슴을 비집고 들어오는 담임의 손을 있는 힘껏 쳐내버렸지. 그리고 벌떡 일어서다가 책상이 엎어져 버렸어. 담임의 능글능글한 웃음이란. 지금도 치가 떨린다. 담임은 내게 말했지.

“다들 가만히 있는데 너는 반장이라고 유세 떠는 거야? 흉

측한 여드름이나 어떻게 해봐. 계집애가 건방지긴."

당시 내 심정을 어떻게 표현해야 할까. 수치심과 분노로 뒤범벅된, 형언할 수 없는 감정. 담임에 대한 분노보다 내 몸에 대한 수치심이 더욱 컸지. 나는 왜 가슴이 나오게 된 걸까? 왜 여드름이 나서 흉측하다는 말을 들어야 하지? 남자고 여자고 할 것 없이 반 아이들이 킬킬대는 소리를 듣고 나는 절망했어. 나도 가만히 있어야 했나? 내가 잘못한 건가?

부모님뿐만 아니라 누구에게도 이 이야기를 하지 못했던 것은 내 심정을 아무도 이해하지 못할 거라는 절망감 때문이었을까? 그저 나는 내 몸을 미워하기 시작했어. 늘 어깨를 굽히고 다녔지. 조금이라도 가슴이 드러나지 않도록. 누군가가 또 내 몸을 만지거나 흉측하다고 말하거나 하지 않도록 오버사이즈 옷을 입고 어깨를 안으로 말고 다녔지. 여드름은 어떻게 해야 할지 몰라 늘 우울했고. 그런 마음을 들키기 싫어서 센 척하고.

이차성징이라는 자연스러운 과정이 폭력을 경험하는 계기가 되고 자신의 몸을 미워해야만 하는 10대 시절의 나를 생각하면 먹먹한 심정이야. 나는 성적인 대상으로 보이지 않도록 머리칼을 짧게 자르고, 점점 더 살을 찌웠어. 고등학교 3학년이 되면서 66kg을 달성했지(네가 몸무게를 공개해서 나도 용기 내어 공개함). 운동은 하지 않고 앉아서 소설책과 시집만 읽다 보니 허벅지는 두꺼워지고 허리는 비틀렸지. 어깨는 완전히 안으로 말려 들어갔고. 나는 덩치가 클 때 작을 때 상관없이 내 몸이 수치스러웠어. 바보처럼 몸이라는 이상한 영역만 없다면 내가 상처받을 일이 없다고 생각한 거야.

얼마나 많은 소녀가 자신의 몸을 학대하고 있을까. 미디어의 영향력이 점점 더 강해지는 시대에 소녀들은 자신의 몸을 얼마나 대상화하고 있을까. 그리고 사람들은 신체에 대한 평가를 얼마나 정당화하고 있을까.

담임은 몇 년 후에 해고되었다고 해. 그것도 풍문으로 들어서 알았어. 나는 중학생이 되면서 반 친구들하고 연락을 끊었어. 내게 중학생이 된다는 건 놀라운 폐허의 세계로 진입하는 것이나 마찬가지였지. 내 인생에서 도려내고 싶은 시기가 아주 많지만, 제일 먼저 그 시기를 도려내고 싶어.

언니가 초등학생 때 겪었던 그 일이 몇 해 전 다른 초등학교에서도 일어났었지요. 그 초등학교 교사도 젊은 남성이었죠. 자신이 가르치는 여자아이들의 가슴을 만지거나 팬티에 대해서 코멘트를 한 일이 밝혀져 결국 직위 해제된 걸로 알고 있어요. 직위 해제라뇨? 구속되어야 하는 게 아닌가요? 사회와 격리되어야 하지 않나요? 이토록 유사한 형태의 인간들이 끊임없이 그따위 행위를 반복되고, 그 반복 속에서 우리는 우리의 몸을 지나치게 억압하는 사람들로 자라나죠.

언니 그거 아세요? 수유하는 사세는 여자의 몸을 아주 쉽게 일그러트려요. 조금만 생각해보면 매우 당연한 이야기에요. 아이가 태어나고 얼마간 두 시간에 한 번씩 불편한 자세를 취해야 하고, 그게 몇 개월씩 반복되니까요. 저는 아이가 6개월이 되었을 때까지 모유 수유를 했는데요. 그 후 제 왼쪽 어깨는 완전히 고장 났어요. 왼팔이 어깨높이까지도 올라가지 않았어요. 왼쪽 가슴은 오른쪽 가슴보다 훨씬 더 아래로 쳐졌고, 왼쪽 골반은 틀어져 오랜 시간 걸으면 골반 안쪽으로 쇠꼬챙이가 쑤욱 들어오는 것 같은 고통이 느껴졌어요. 제 몸이 완전히 망가졌다는 건 정밀 검사를 해보지 않아도 알 수 있었죠.

건강한 신체에 깃든다는 건강한 정신. 건강한 정신이 먼저인지, 건강한 신체가 먼저인지 분명히 알 수 없지만 한 가지 알게 된 게 있어요. 누군가가 건강한 정신과 몸을 가지려면 타인의 건강한 말, 태도가 필요하다는 것. 나 혼자 백날, 천날 "내 몸은 자체로도 아름다워!"라고 외쳐봤자 그 소리가 공허 속으로 흩어진다는 것. 아이가 태어난 지 꼭 1년이 되었을 때 저는 제 몸이 임신 전과 완전히 다른 상태가 되었다는 걸 알게 되었어요. (돌잔치를 위해 옷을 사야 해서 몸의 치수를 재보며 알게 되었어요.) 그리고 제 변한 몸을 그 누구도 달가워하지 않는다는 것도요. 심지어 저마저도요.

저는 제 몸과 함께는 절대 행복할 수 없었어요. 전보다 부픈 내 몸, 전보다 아픈 내 몸, 전보다 망가진 내 몸. 거울 속의 나는 거울 밖에 나에게 조차 손가락질을 받았어요. "다른 사람들은 애 낳고 원래 몸매로 잘만 돌아오던데." "조금만 운동하면 다 되는 건데, 집에서 너무 퍼져 있는 거 아냐?" 이 글을 쓰는 지금도 그때를 생각하면 눈물이 나요. 변해버린 제 몸속에서 저는 너무 외로웠어요.

그러던 어떤 날, 비슷한 시기에 임신을 한 이웃 친구가 있어요. 그 친구가 함께 필라테스를 하자고 제안해주었어요. 출산 후에 자세가 엉망이 되지 않았냐고, 필라테스가 자세 교정에 아주 좋은 운동이라면서 말이죠. 동병상련이었지요. 같은 아픔을 겪고 있었으니까 제 몸 상태를 알 수 있었던 거겠죠. '이거다!' 싶었어요. 아이를 어린이집에 보낸 시간을 이용해서 필라테스를 배우기 시작했어요. 일주일에 2회, 한 시간씩. 처음에는 스트레칭만 해도 온몸의 근육과 관절이 비명을 지르는 것같이 아팠어요. 물론 왼쪽 팔은 제대로 올라가지 않아서 따라 하지 못하는 동작들도 많았어요. 그래도 중간에 그만두고 싶지 않았어요. 필라테스를 하고 몇 개월이 지나자 왼팔이 점차 위로 들어 올려지기 시작했으니까요. 지금은 다행히 양쪽 팔 모두 귀 옆에 붙일 수 있을 정도로 회복되었어요. 같은 동작을 해도 아직 왼쪽 어깨에는 뻐근한 감각이 동반되지만 좀 더 지나면 이 불편감도 완전히 사라질 수 있겠죠.

그렇게 필라테스에 경도되어가고 있을 때 코로나 시국이 시작되었어요. 실내에서 하는 운동이 금지 권고되었고, 어린이집이 문을 닫았죠. 두 달가량 필라테스를 하지 못했어요. 아이가 집에만 있는 시간이 길어지면서 저도 힘들었지만, 반려견 신지도 스트레스를 받았어요(집에서는 절대 배변을 하지 않는 애가 끊임없이 소변 실수를 하더라고요). 그러다 신지와 함께 산책을 나선 어느 날 모든 게 터졌어요. 나는 아무 잘못도 하지 않았는데 세상의 모든 게 저더러 꺼지라고 하는 것 같았어요. '엄마'라는 역할 안으로 저를 꾹꾹 눌러 담으려고 했어요. 인간 강지혜의 모습은 그 어떤 존중도 받지 못했어요. 아주 가까운 사람부터, 세상 모두가 작은 상자 안에 저를 구겨넣으라고, 그 속으로 사라지라고 윽박을 질렀어요.

그 후에 상담을 받게 된 거죠. 건강한 몸과 건강한 정신의 상관관계가 명명히 밝혀진 거예요. 엉망이 되어가는 몸이 결국 정신의 모양까지 일그러트렸어요. 지금껏 온 세상이 '아름답다', '숭고하다' 고 말해온 돌봄. 누군가를 먹여 살린다는 일. 그 돌봄의 핵심에는 '내'가 없더군요. 나를 땔감으로 태워서 누군가를 키우는 일이 제가 겪은 돌봄이었어요. 저에게 돌봄이 불행이 되는 이유는 정작 내가 나를 좀 사랑해주려 할 때 내가 거기 없었다는 데 있어요.

임신 전의 몸으로 돌아가길 강요당하면서, 아이의 성장이 곧 엄마의 자질을 말해주는 것처럼 평가받으면서, 심지어 가계에 일조할 수 있기를 은근히 압박받으면서. 내가 내 몸을 건강한 상태로 지킬 수 있는 걸까요? 저는 그럴 수 없었어요. 그렇게 못했어요. 잠든 아이를 보면서, 소변을 흘리며 잠든 신지를 보면서. 저는 바스러졌어요. 흔적조차 찾을 수 없을 만큼.

육아는 여성의 자기희생이 바탕이 될 수밖에 없다는 사회적 강요가 여성을 피폐하게 만드는 것 같다. 엄마가 불행한데 아이는 행복할 수 있을까? 엄마가 자신을 돌볼 수 없는데, 아이를 훌륭하게 돌볼 수 있을까? 누군가의 불행을 딛고 선 아이가 자기 삶을 사랑할 수 있을까?

나는 나를 향한, 아버지를 향한 어머니의 희생을 보면서 부당하다고 생각했지만, 어머니의 고통을 나누지 못하는 이기적인 사람이야. 그 고통으로 내 삶이 잠식당하지 않기 위해 딩크족이 되었을지도 몰라. 물론 내 유전자를 이번 삶에서 끝내고 싶다는 소망이 더 강하긴 했지만(아직도 나는 내 몸을 미워하는 걸까). 어머니뿐만 아니라 주변의 여성이 겪는 육아의 고통이 도대체 누구를 행복하게 하는 걸까. 돌봄은 부모뿐만 아니라 사회의 몫이기도 한 것을.

한 아이를 위해서 온 사회가 동원되어야 한다는 명제는 변하지 않아. 무엇보다 스스로 사랑할 수 있는 부모가 아이의 행복을 함께 끌고 갈 수 있다는 것. 그것이 정말 중요한 것 같아.

나도 자신을 돌볼 줄 모르는 사람이야. 배워본 적도 없고, 그래야 한다는 생각을 한 적도 없어. 내가 원인을 모르는 어지럼증으로 시달린다고 했을 때 상담 선생님이 이야기했지. 가만히 앉아 많은 것을 생각하지 말고, 소소하게 계속 움직이라고. 하고 싶은 일을 떠올리고, 오로지 자신만을 위해 그것을 계획하라고. 자기를 돌볼 수 있어야 타인을 사랑할 수 있다고.

우리를 먼저 돌보자. 많은 난관이 있지만 그럼에도 불구하고 스스로를 돌보는 것이 제일 먼저이지 않을까. 나는 무엇이 나를 돌보는 일인지부터 찾아봐야겠어. 중년이 될 때까지 한 번도 하지 않은, 나에 대한 탐험을 이제 시작해야겠어.

상담사는 자기 돌봄을 할 수 있는 일을 하나라도 떠올려보자고 제안해주었어요. 그런데 저는 정말 하나도 생각이 안 났어요. 자기 돌봄을 위해 내가 하는 일이 무엇이었더라? 책을 읽는 것, 술을 먹는 것 말고. 책을 읽는 건 직업적으로 필요하기도 한 일이라 온전히 돌보는 일이라고 할 수 없고요. 특히 술을 먹는 건, 자기를 돌보는 것이 아니라 파괴하는 일이 될 확률이 너무 크기 때문에 그건 돌봄에 넣을 수 없고요. 독서와 음주를 빼니 저는 저 스스로 돌보는 일이 아무것도 없다는 걸 깨달았어요. 어떻게 평생을 이렇게 살아온 걸까요?

나를 돌보는 것은 사실 아주 간단한 걸지도 모르겠어요. 나를 위해 건강하고 맛있는 밥을 먹고, 내 건강을 위해 운동을 하고, 나의 아름다움을 위해 내가 원하는 방식으로 나를 꾸미고, 내가 깊이 감동하는 것들을 보는 일. 이 간단한 돌봄을 지금껏 남이 원하는 방식으로 해온 거예요. 그러니까 외로웠던 거고요. 외부의 시선으로 재단된 사람이 스스로를 사랑할 수 있었을까요?

출산 이후 망가져버린 피부와 체형. 저는 끝내 제 몸과 화해하지 못했고 사는 게 바빠 식사를 대충 때울 때가 많아요. 그러나 아주 조금씩, 저 스스로를 돌보기 위해 일주일에 두 번씩 필라테스를 하고, 하루에 한 번 반드시 신지와 함께 산책합니다. 몸에 좋다는 것을 챙겨 먹으려 노력하고 몸이 너무 고단할 때는 스스로 병원에 가서 수액을 맞기도 해요. 다른 사람이 아니라 나를 위해서 물건을 사고, 나를 위해서 좋은 것을 보려고 해요. 조금씩 해보려고요. 평생을 자기를 돌보지 못했는데 어느 날 갑자기 "나는 내가 세상에서 가장 사랑스럽다"고 말하지는 못하겠어요. 하루에도 몇 번씩 스스로를 용서했다가 미워했다가 애처로워하지요. 그럼에도 이제는 '나만큼은 내 편이 되어주자'고 생각합니다. 세상에 오롯이 내 편인 건 나뿐이니까요.

강지혜

나를 만지는 나의 손길

이웃집에 새끼강아지들이 태어났다고 해서 보러 간 적이 있다. 막 태어난 생명이 주는 기쁨과 아름다움을 훔쳐보고자 간 것이었다. 삶이 퍽퍽할 때, 관계가 녹록치 않을 때 나를 구원한 것은 언제나 귀여움이었다. 그런데 그날은 귀여움보다 강렬한 것이 나를 구원했다.

여섯 마리의 새끼강아지를 출산한 어미 개는 방 한구석에 지쳐 누워 있었다. 새끼강아지들은 눈도 채 뜨지 못한 채로 삑삑거리며 방 안을 기어 다녔다. 씩씩하고 애틋한 생명력이었다. 그렇게 시간이 조금 지나자 누가 먼저랄 것도 없이 어미 개의 품 안으로 모여들었다. 어떤 부름에 의해 여섯 마리 새끼들은 엄마의 가슴으로 돌아온 걸까.

나는 숨죽이고 앉아 어미 개의 수유하는 모습을 지켜보았다. 강렬한 경외심을 느꼈다. 한 마리의 새끼도 굶지 않도록 어미 개는 제 몸을 이쪽저쪽으로 돌려가며 젖을 물렸다. 여섯 마리 새끼가 뿜어내는 살겠다는 의지, 그리고 어떻게든 내 새끼들을 살피고야 말겠다는 어미 개의 의지가 너무나 강력해서 그 앞에 자연스럽게 무릎을 꿇고 앉았다. '살려야 한다'는 의지는 '살아야 한다'와 결코 다르지 않았다. 아니, 어쩌면 살려야 한다는 마음은 살아야 한다는 본능보다도 더욱 강한 '의지'가 필요한 일인지도.

돌보는 것은 마음이 더욱 필요한 일. 한 번 더 들여다보고, 한 번이라도 더 손을 뻗어야 한다. 타자를 위한 돌봄이 자신을 위한 돌봄보다 상대적으로 쉬울 수 있는 것은 손이라는 신체가 외부를 향해 있기 때문일까. 나를 돌보기 위해서는 내 안으로 손을 뻗어야 한다. 나의 외부와 내부 모두에게 따뜻한 손길을 주어야 한다. 나를 어루만지고 나를 위로하고 나를 북돋는 일. 그 일은 조금만 신경을 쓰지 않으면 금세 잊혀버린다. 나를 위해 잊지 않아야 한다. 나는 나를 어루만져야 한다. 나는 나를 쓰다듬어야 한다.

그러나 강박에 빠지지 않도록 하자. 내가 꼭 나를 완벽히 사랑해야 할 필요는 없지 않나. 어떤 날에는 내가 죽도록 미웠다가, 어떤 날에는 너무 예뻐 업어주고 싶기도 한 거지. 내 안에서만이라도 나는 좀 자유롭자.

7

치유:

내 안의
축축하고
깊은 어둠을
꺼내서

깡지야. 상담이 끝났어. 선생님과 웃으며 헤어졌지. 절벽 앞에 서 있는 기분. 앞으로 어쩌지, 싶은 마음을 감추고서.

허무한 상태에서 어떻게 나의 이 많은 주름을 펼 수 있을까. 나는 솔직해지고 싶어. 핏빛 주름을 아름답게 바라보지 못해. 아직도 불에 덴 듯 뜨겁고, 아직도 타오르고 남은 재처럼 아슬아슬해. 선생님은 그것이 어쩌면 당연하다고 말해주었어. 한 번의 상담으로 촘촘한 주름을 펴기에는 한계가 있다고. 상담보다 중요한 것은 자신의 마음을 돌보는 일이라고.

약자들은 생존을 위해서 많은 방법을 동원하는 것 같아. 끊임없이 자신의 상태를 강박적으로 확인하지. 일 중독자가 되기도 하고, 여행을 다니기도 하고, 예술의 흥취에 젖거나 유흥을 통해 해결해보려고도 해. 가해자보다 피해자가 상담을 더 많이 받는 현실……. 정작 자신만 생각하는 사람들은 아무런 가책 없이 살아가고 있지 않나.

우리는 조금씩은 가해자이고, 조금씩은 피해자일 거야. 한때 나는 어떤 사람이었을까. 가까우니까 솔직해져야 한다고 여겼던 시절이 내게도 있었어. 하지만 정말 전부 솔직하면 안 되니까 조금만 솔직하자, 라고 생각했지. 그 '조금만'은 사실 조금만이 아니었어. 상대방은 그걸 전부라고 받아들였지. 관계는 깨지기 직전의 유리병 같은 것이니까, 조금씩 금이 가고 나중에는 펑, 터져버리지.

상대방이 도움을 요청하지 않았는데 과잉된 충성심으로 무언가를 해야 한다고 생각했던 시절을 떠올려보면 얼마나 바보 같았는지. 상대방이 보고 싶지 않은 것을 굳이 솔직함이라는 이름으로 보여줄 필요는 없는 거야. 나는 상대방에 대한 나의 진심이 헌신짝처럼 버려진다는 느낌이었지만, 그것 또한 나의 왜곡된 마음일지도 몰라. 우리는 모두 자신을 사랑하는 일에 서투르고, 타인을 사랑하는 일에도 서투르지. 자신을 포함하여 누군가를 진정으로 사랑한다는 건 평생의 불가능성일까.

상담이 끝나고 헛헛한 마음을 어찌할 줄 몰라 한없이 나락으로 떨어지는 기분이 계속 이어질 때, 나는 배수연 시인의 미술 수업을 신청했어(배수연 시인은 미술 전공자). 나한테는 아주아주 놀라운 사건 중의 하나지. 나는 단 한 번도 미술과 관련하여 칭찬받아본 적이 없었기 때문에 정말 많은 용기가 필요했거든.

어린 시절 피아노, 기타, 플루트도 배웠는데 음악에는 젬병이고, 서예나 펜글씨도 배웠는데 좀이 쑤셔서 못 하겠고, 주산 학원에 가면 멍하니 있기 일쑤였어. 남다른 발육 때문에 체육 선생님이 육상 선수를 권하기도 하고, 중학교 때는 사격부에 들어가기도 했는데 한 달도 못 채우고 뛰쳐나왔지. 사람들 눈에 운동 신경이 있어 보였지만 사실 운동 능력이 엉망이었던 거야.

나는 재주가 별로 없었는데, 그림은 정말 못 그렸지. 미술 학원 선생님의 조롱을 동반한 가혹한 평가가 어두운 동굴 안으로 나를 떨어뜨렸어. 나는 미술 학원에 가지 않고 놀이터를 배회했어. 정글짐을 타거나 만화방을 갔지. 저녁이면 엄마가 만화방으로 나를 찾으러 왔던 게 생각나. 그 이후 미술 학원을 그만두었어.

나를 돌보는 일이란, 누군가의 평가에 연연하지 않고, 하고 싶은 일을 해보는 것일까. 마침 초보자도 할 수 있는 추상 드

로잉 수업이었어. 배수연 시인이라면 그냥 마음껏 놀게 해주지 않을까? 그리고 내 예상은 적중했지. 한 달 반 동안 매주 토요일마다 나는 신났어. 미술 재료로 노는 법을 배웠지. 그 시간만큼은 초등학교 시절로 돌아가는 기분! 노안이 와서 눈은 잘 안 보이고, 집중력은 떨어져도 시간이 거꾸로 흘러가고 있는 것을 느꼈지.

아무도 나를 평가하지 않고 비난하지 않는 세계. 그런 세계는 존재하지 않는다고 생각했지. 매 순간 지독하게 확인했지. 끝내 그 억압과 굴레에서 벗어날 수 없다고, 회한이 이번 삶의 마지막이 될 거라고 믿었는데. 아주 소소한 미술 놀이가 나를 조금씩 움직이게 했지. 잘하고 못하고의 기준은 없는 것. 그냥 즐기면 되는 것. 그런 것들도 있구나.

깡지야.

나는 치유가 뭔지 잘 모르겠다.

하지만 내가 무엇을 하고 싶은지를 생각해보려고 해.

시 쓰는 일 말고, 쫓기듯 학문 안으로 도망가는 일 말고, 나를 갈아서 강의하는 일 말고, 나는 무엇을 좋아할까. 나는 어떤 일에 설렐까. 나는 누구일까.

실은 제가 고등학생 때에는 미술을 했었는데요. 제 첫 에세이 『오늘의 섬을 시작합니다』에서도 밝혔지만, 가정 형편상 미술을 포기해야 했었죠. 그림을 포기한 일을 후회하지는 않아요. 저는 그림에는 재능이 없었거든요. 그림을 포기한 후에 글을 쓰게 되었으니 오히려 그 포기가 저를 제자리로 돌려놓은 것 같기도 해요. 일찌감치 그림을 포기했으므로 그림에 대해 잘은 모르지만 그림이 시와 몹시 닮아 있다는 건, 감각적으로 알고 있어요. 시가 언어로 그리는 그림이라면 그림은 색과 이미지로 만드는 시잖아요. 그렇담 언니는 시가 아니면 시적인 것으로 스스로를 치유하시는 걸까요? 시가 언니의 치유이자 구원, 뼈이자 피인 걸까요?

저 역시 상담이 끝나고 나서도 남편과의 관계나 아버지와의 관계, 세상에 갖는 분노가 전혀 나아지지 않은 상태로 오래 지냈어요. 3개월 동안 짧다면 짧고 길다면 긴 시간을 들여 마음을 토로했는데도 별다른 진전이 없는 것 같아 혼란스럽기도 하고 답답하기도 했었어요. 그렇다고 '상담 받아봤자 아무 소용도 없잖아?'라고 생각한 건 아니에요. 오히려 '꾸준히 상담을 받고 싶다'고 생각했어요. 언제라도 제 이야기를 털어놓을 수 있는 창구가 있다면 얼마나 좋을까 하는 마음이었어요. 상담받기 전보다는 훨씬 나은 건 사실이니까요.

그러던 어느 날이었어요. 생업으로 숙소를 관리하면서 낮에는 주로 청소 노동을 하는데요. 그때 여러 가지 팟캐스트를 많이 듣거든요. 그날은 〈비혼세〉라는 팟캐스트를 들으며 청소를 하고 있었어요. 진행자인 비혼세 님이 기혼과 비혼에 대한 이야기를 하다가 "결혼의 다양한 모습을 보여줄 수 있는 건 기혼자만이 할 수 있는 것이다. 기혼 가정의 구도가 바뀌면 사회 전체에서 여성에게 바라는 모습도 바뀔 수 있다. 비혼과 기혼이 연대해야만 우리 모두 행복해질 수 있지 않을까. 기혼을 뭉뚱그려서 볼 필요가 없지 않나. 누군가와 포개지는 삶을 살기로 결심한 사람들을 응원하고 싶다"고 말하더라고요(정확한 워딩은 아니고 제가 갈무리한 것이에요.). 그 말을 듣고 청소를 하다말고 주저앉아 엉엉 울어버렸어요. 제가 겪고 있는 결혼 생활에 대한 어려움, 페미니즘에 눈뜨면서 더욱 강렬하게 보이는 부조리함, 거기서 오는 괴로움을 너무나 잘 이해한 말이었거든요. 한바탕 울고 나니 속이 시원하더라고요. 그 사건을 기점으로 저는 좀 더 자유로워질 수 있었어요. 당시에 저는 첫 에세이집을 묶던 중이었는데요. 자유로움을 느끼자 얼마나 많은 것들을 글로 쓸 수 있게 되던지요. 물꼬가 트이자 결혼 생활의 괴로움, 임신 당시의 느꼈던 우울함, 제주에 이주하면서 겪은 어려움, 시에 대한 열망 등에 대해 시원하게 풀어낼 수 있었어요. 글을 쓰면 쓸수록 해방되는 기분이었어요.

그렇게 첫 에세이집을 내면서 단비 같은 자유와 해방감을 느꼈지만, 여전히 남편과는 평행선을 달리고 있었어요. 저는 저대로 남편은 내 마음 따윈 상관없어하는 사람이라고 생각했어요. 그와 동시에 남편은 경제적인 압박, 관습적인 가장의 모습에 스스로를 묶어두고 있었고요. 서로 서로의 아픈 구석은 절대로 돌보지 않으면서 가족이라는 허울을 쓰고 있는 것 같았죠. 이런 식으로 언제까지 살 수 있을까, 싶었어요. 제 마음에는 남편이 낸 상처로 인해 커다란 구멍이 너무 많이 나 있었으니까요. 이걸 다 메울 수 있을까? 아니, 이 구멍을 들키지 않고 살아간다는 게 가능할까? 싶던 날이었어요. 아주 작은 일로 크게 다투고 난 후에 제가 작정을 하고 폭음을 해버렸어요. 남편을 미워하는 마음을 담아 한 잔, 이러지도 저러지도 못하는 저를 자책하는 마음을 담아 한 잔……. 어떻게 집에 들어왔는지 기억이 나지 않을 정도로 술을 마셨고, 저는 고삐 풀린 괴물이 되어 날뛰었어요. 술이 깨고 나서 생각했어요. 이전에도 겪어본 적 있는 고통이었어요. 아버지와의 사이가 최악으로 치달을 때 저는 술에 의지했었잖아요. 이러다 내가 죽겠구나. 이렇게 살다간 정말 죽을 수도 있겠구나 싶었어요.

저는 바닥을 쳤어요. 그리고 정말 끝일 수도 있다, 라는 생각으로 남편에게 제가 지금껏 가졌던 미움과 분노를 이야기했어요. 앞으로는 돌이킬 수 없고, 만일 이야기를 다 듣고도 남편이 평소와 같은 모습으로 저를 배척한다면 우리는 영원히 서로의 평행선을 살다가 죽게 되겠구나, 하는 심정으로요. 정말로 끝이라고 생각하니 오히려 담담하게 말할 수 있더라고요. 패를 다 보인 자는 게임에서는 지게 되잖아요. 패자는 허탈하지만, 누구보다 자유로워지잖아요. 버티기 어려웠던 게임 판을 떠날 수 있잖아요. 저는 그제야 알게 되었어요. 그건 누굴 위한 게임이었나? 나의 자유보다 중요한 건 아무것도 없지 않니.

남편은 충격을 받은 것 같았어요. 남편 생각보다 제가 심각한 상황이었다고 느꼈겠죠. 아마 그날 그 이야기를 듣고 남편의 마음속에서도 어떤 것은 무너졌을 거예요. 또 어떤 부분에는 찬물을 뒤집어쓴 것처럼 정신이 번쩍 들었겠죠. 그날의 대화 이후 저와 남편의 관계는 새로운 국면으로 접어들었어요.

그 새로운 국면은 어떻게 되어가는 중일까. 너무 궁금해서 편지를 받자마자 네게 전화하고 싶었지만 참았어. 궁금증을 잠깐 누르고 가만히 기다려보려고 해. 네가 어떤 방향으로 나아갈지는 모르겠지만 나는 언제나 너를 믿으니까. 너의 짝꿍도 분명 함께 나아가는 방법을 고민하겠지. 그간 그러지 못했던 것은 상대방의 마음을 헤아리지 못하는 무심함이 남성의 전유물인 양 여겨지는 사회에 익숙해진 탓이었을지도.

그런데 잘 모르겠어. 왜 남성의 결핍을 여성이 고민해줘야 하는지. 왜 그것조차 육아처럼 여성이 돌보아주기를 원하는지. 누군가를 돌보고 타협하라는 사회의 압박이 여성의 삶을 지배해왔기 때문은 아닌지. 주변인들의 자잘한 무시와 학대가 여성에게 내면화된 것은 아닌지. 어르고 달래서 남성의 태도를 변화시켜야 한다고 세뇌받은 것은 아닌지. 그걸 현명하다고 판단해온 것은 아닌지. 그 현명함이 남성들의 편리함을 위해 규정된 것은 아닌지. 현명하지 못한 태도라고 비난하는 이 사회가 모두 공범은 아닌지. 나는 그런 생각에서 자유롭지 않아.

확실한 것은, 짧은 시간 내에 이런 모순들이 극복되는 것은 아닐 거야. 오랫동안 갈등과 합의를 넘나들며 줄다리기하겠지. 그런 시간도 소중해. 나도 내 생각을 선배에게 말할 때가 있어.

선배는 부정적인 이야기는 들으려고 하지 않아. 네거티브가 자신에게 막강한 영향력을 발휘하기 때문이라는 거지. 그래서 내가 이야기를 꺼내기만 하면 긴장해. 혹시나 즐겁지 않은 일에 대해 듣게 될까 싶어서. 선배는 나에게 일상적인 이야기만 하는 편이야. 2년 동안 세계 여행을 한 이야기나 요리 이야기, 집안 문제, 후배들 집안 문제, 어떤 영화가 재미가 없었는지 뭐 그런 것들. 나는 내 안의 축축하고 깊은 어둠을 꺼내어 선배와 함께 말리고 싶은데, 그러면 치유에 조금 더 가깝게 다가갈 수 있을 것 같은데, 선배는 그것을 받아주지 않아. 들어주는 고통이 자신을 얼마나 아프게 하는지 그것만을 강조하지.

한동안 우리는 이 문제로 날카롭게 대립했어. 토론하면 할수록 문제는 더 강화되었고 나중에는 같은 말만 앵무새처럼 서로 반복하게 되었지. 우리는 그때 서로에게 정서적 학대를 하고 있었던 것은 아닐까. 누가 더 아픈지 내기라도 하고 싶었던 것은 아닐까. 누가 더 마음이 다쳐 있는지 그것에 우열을 가르고 싶은 것이었을까.

어느 순간부터 나는 선배에게 안 좋은 일은 말하지 않으려고 노력해. 선배는 그런 이야기가 어쩌다 나오면 애써 들어주려고 노력해. 서로 노력하고 있다는 것을 받아 안으려고 노력해. 그것은 해결이라기보다 조율이야. 일상의 조용한 평화를 위해서.

나는 결혼을 하고 10년 가까이 살아오면서 크게 깨달은 점이 있어. 그 누구도 내가 잘 안다고 자신하는 순간, 모든 것이 여지없이 무너진다는 것. 그를 잘 안다고 생각했고, 그의 성품과 기질을 다 안다고 자신했는데, 그것이야말로 허상에 불과하다는 것. 그도 마찬가지겠지. 사람은 늘 미지의 존재이고, 언제나 변화할 수 있으며 기묘한 가능성으로 꽉 차 있으니까.

나는 사람은 변하지 않는다는 말이 폭력적이라고 생각해. 변하지 않는 것이 아니라, 변하고 변하지 않고의 판단을 할 수 없는 존재가 아닐까. 사람은 언제나 미지수여서 일종의 신비로움과 고통을 동시에 품고 있는 존재가 아닐까. 그래서 규정이 의미 없어지는, 정말 이상하고 이상한 무엇이 아닐까.

이 생각들 끝에 나는 마음이 평화로워졌어. 이제부터 그를 알아가야겠다고 다짐했지. 물론 그에게 말하진 않았어. 그와 나의 관계에 대한 고민과 갈등을 일일이 나눌 필요는 없겠지. 서로 이야기할 수밖에 없을 때, 내 안에서 지표를 넓혀가고 있는 생각의 지도를 펼쳐 보일 생각이야.

이것이 치유는 아닐 거야. 다만 (내게도 매우 불편했던) 과장과 과잉, 이런저런 광기로 나를 망가뜨리고 광대 노릇 하며 스스로 학대했던 나를 천천히 벗어나고 있는 것은 분명해. 나는 혹시 퇴행 중인 걸까. 점점 어린 시절의 나로 돌아가고 있는 것일까. 사람이 신비롭고 두렵고 이상하게만 느껴지던, 그 내성적인 시간으로 돌아가고 있는 것일까.

그때와는 다른 것 같아. 그때는 설렘이 많았을 때니까. 두렵고 무서울수록 설렘이 강해졌지. 지금은 인간 혐오에 가까운 태도는 아닐까. 나 자신을 포함한, 인간 전체에 대한 불신이나 허무로 빠지는 것일까. 상투적인 말이긴 하지만, 이렇게 강력한 네거티브를 통해 분명 알게 되는 것이 있을 거야. 네 말대로 바닥을 치면 바닥이 무엇인지 알게 되고 다시 올라갈 수 있게 되니까. 이제, 미지수인 나 자신과 인간에 대해 천천히 접근해보려 해.

이것이 치유의 시작이라면.

언니의 "나는 내 안의 축축하고 깊은 어둠을 꺼내어서 그와 함께 말리고 싶"다는 구절이 절절하게 와 닿아요. 남편과의 국면은 어쩌면 그 과정으로 들어섰는지도 모르겠어요.

저는 제가 가지고 있었던 미움과 그로 인해 생긴 어둠을 남편에게 내보였어요. 물론 제가 가지고 있던 모든 마음을 다 보이진 못했어요. 그 과정에서 남편이 받게 될 상처를 생각하지 않을 수 없었으니까요. 남편은 저에게 아무 생각 없이 상처가 되는 말들을 내뱉었지만, 저는 이제 그와 같은 미러링을 할 생각이 사라졌어요. 그런 방법도 시도해보았지만, 그건 제가 자유로워지는 것과는 거리가 멀더라고요. 언니가 부군을 '알아가야겠다'고 결심하신 동안, 저는 남편에게 저를 '보여줘야겠다'는 쪽으로 방향을 잡았습니다.

제 이야기를 들은 남편은 놀랍게도 자신이 저에게 잘못해 왔다는 걸 인정했어요. 그리고 본인이 할 수 있는 행동부터 시작하겠다며 리스트를 작성하더라고요. 실제로도 많은 걸 개선했고, 저를 대하는 태도가 변화했고요.

남편의 변한 모습을 보면서 저는 양가감정에 휩싸였어요. '남편과의 관계가 개선되어 정말 기쁘다'라는 마음과 '이렇게 간단히 바뀔 수 있는 사람이었는데, 지금껏 나를 이렇게 힘들게 했나?' 하는 마음이 동시에 떠올랐어요. 뭐 그렇게 복잡하게 생각하냐는 얘기를 들었지만, 정말 그랬어요. 지금도 두 가지 감정은 제 옆을 맴돌아요.

화해하면 행복해지고, 행복해지면 모든 것이 끝인 걸까요? 진정한 행복이 무엇인지 알려 하지 않으면서 무작정 행복을 추구하는 것만이 결혼의 목적인 걸까요? 결혼의 목적, 인간과 인간 사이의 관계라는 것이 무엇인지 잘 모르겠지만……. 저는 이제 저만을 생각하기로 했어요. 결혼 역시 저의 인생 중에 한 부분일 뿐이고 그 조각들이 모여서 저를 이루는 거잖아요. 저는 수많은 조각으로 만들어진 사람이고 그 모든 조각은 얼마나 개성적인 모습인지요. 양가적인 생각을 하는 저 자신을 자유롭게 두기로 했어요. 괴롭고 슬프고 고통스럽고 환희에 차는 저의 모든 면을 소유하지 않을래요. 그저 모순적이고 아슬아슬한 저의 모든 걸 쏟아낼 수 있는 사람이 되기를 소망합니다. 글로 풀어내면 풀어낼수록 저는 점점 더 높이 멀리 갈 수 있다는 걸 느껴요.

저는 침구류를 세탁하고 난 후에 꼭 일광 소독해서 마무리하는 걸 좋아해요. 햇볕이 그 어떤 것보다 강력한 살균제라는 걸 알고 계시죠? 약한 얼룩부터 진한 오염까지 세탁 후에 햇볕 앞에 서면 공기 중으로 휘발되어 사라진답니다. 지금 제주는 아주 뜨거운 볕이 내리쬐는 여름이에요. 제주의 여름 볕은 모든 얼룩을 지우기에 충분하고, 넘친답니다. 이 볕을 맞으며 제 안의 축축하고 깊은 어둠의 일부분이 여름 공기 속으로 부서졌으면 하고 바라요. 서울의 여름 역시 파란 하늘과 내리쬐는 볕이 매력적이겠지요? 언니도 습기 없이 산뜻한 일상을 보내시길. 그 가운데 왕왕 물기가 차오르는 날에는 저와 제주의 볕을 떠올려주세요. 우리는 자유롭게 연결되어 있다는 걸. 기억해주셔요.

출렁거리는 마음 안으로

이영주

나는 인간의 자유란 원하는 것을 하는 데 있는 것이 아니라, 원하지 않는 것을 하지 않는 데 있다고 생각한다.

— 장 자크 루소, 『고독한 산책자의 명상』 중

첫날

의사는 말한다. 1년 동안 겁쟁이가 되어서 돌아오셨네요. 아, 1년 만에 재발했구나. 나는 그제야 알게 되었다. 나는 어지럼증으로 입원했다. 내 옆자리에는 뇌경색 할머니 환자가 있고, 아이를 구하려다가 어깨가 부서진 할머니 환자가 있고, 간병인이 있다. 나는 자유가 없다. 나는 원하지 않는 것을 너무 많이 한다. 나는 지금까지 원하지 않는 것을 너무 많이 해왔다. 앞으로도 그렇겠지. 뇌경색 할머니는 끊임없이 왕소라 과자를 먹는데. 젊은 딸이 보호자 출입증을 목에 걸고 밤이면 온다. 한의원에 갈 거다. 여기는 내 병을 못 고쳐. 할머니가 말할 때마다 딸이 신경질적으로 왕소라 과자를 씹으며 나지막이 욕을 한다. 모녀는 함께 왕소라. 아이를 구하려다 어깨가 부서진 할머니는 간병인이 도착하자마자 교회에 다니라고 강압적으로 이야기한다. 하나님을 믿지 않는 것은 부모를 거역하는 것과 똑같다고. 간병인은 그저 고개를 까딱거릴 뿐이다. 부모를 거역하면 안 되는가? 나는 아이를 구하려다 다친 그녀의 심정을 생각해본다. 그녀는 조그맣게 통성 기도를 한다. 간호사는 내게 링거 주사를 매번 잘못 놓는다. 왼쪽 팔이 퉁퉁 부어오른다. 아무것도 아닌데, 어떤 비참함이 바닥에 고여 있다. 그냥 통증일 뿐이다. 약을 먹고 나니 조금씩 경련이 인다. 몸이 떨리고 나는 자유가 없다. 그냥 그렇다. 사는 일이 자유를 하나씩 없애는 일이겠지. 그러니까 그 아이는 스스로 목숨을 끊었다. 나는 그것을 실감하지 못한다. 그 아이에게 문자 메시지를 보내본다. P야. 그 아이가 대답한다. 네, 우리 P가 사랑하고 사랑했던 선생님. 나는 갑자기 심연으로 떨어진다. P가 대답하고 있다. 나는 이 심연이 어떤 지옥일까 생각한다. 알림창이 울린다. 저는 P의 엄마예요. 나는 웅덩이에 갇혀 있다. 왜 자꾸 몸이 파묻히는 거지. 늪 속에서 겨우 손을 뻗어 P의 엄마와 빛나던 P의 이야기를 한다. 나는 잘 애도하고 싶다. 깡지는 내게 자살 사별자, 라고 알려주었다. 그러니 자신을 돌보라고. 어떤 일은 예기치 못한 사이에 찾아온다. 이것이 살아가는 일이겠지. 스스로 목숨을 끊는 사람은 벌을 받는다던데. 끊이지 않는 옆 병상 할머니의 기도 소리. 지옥에 내가 사랑하는 사람들이 모여 있다면, 그곳도 괜찮은 곳일 거야. 그래, 지옥에 네가 있다면 나는 그 지옥이 안심이 된다. 그들에게 내려지는 징벌 중 한 가지는 나무가 되는 것이라고 한다. 아름답다.

다음 날

술을 끊었고 담배를 끊었다. 이제 커피를 끊어야 한다. 양파는 왜 먹지 말라는 것일까. 호두와 땅콩은? 케이크와 과자도. 나는 간사해진다. 그래, 그것들은 전부 다 심줄 같았어. 그냥 무언가 망가지고 싶었던 것일 뿐이야. 나는 그것들로부터 위로받지 못했어. 지하로 내려간다. 환자들이 잔뜩 모여 있다. 모두가 멍한 얼굴로 재활 치료를 한다. 젊은 치료사들이 노인들에게 무언가를 가르쳐준다. 나는 순한 노인처럼 그 모든 것을 따라 한다. 단순하고 단순한 동작들이다. 이렇게나 평화롭고 바보 같을 수 있다니. 처음 느껴본 세계. 아무도 미워지지 않고 아무도 좋아지지 않는 세계. 오로지 내 감각에만 집중하는 세계. 한 소녀가 휠체어에 앉아 있다. 머리를 들지 못하고 있다. 육체라는 소모품은 우리를 사로잡는다. 나는 멍하니 소녀를 바라본다. 아버지는 내게 관리 못 해서 아픈 것이라고 한다. 그랬다가 딸 때문에 마음이 아파서 죽어버릴 것 같다고 덧붙인다. 나는 혼자 있고 싶다고 생각한다. 나는 노인이 된다.

새벽이면 간호사가 혈압을 잰다. 그때마다 나는 악몽 속에 있다. 기억나지 않으니 좋은 꿈인가. 간호사가 나를 깨우는 것이 좋다. 나의 죽음 같은 잠에 끼어드는 것이 좋다. 나는 불안한가. 나는 잎이 없는 나무. 얼음이 부서진 숲에 있다. 온도가 없고 바람이 없다. 뿌리에 감각이 없다. 흰빛. 나는 그런 나를 바라본다. 이 나무에 이름을 붙여줘야 할까. 아니야. 저절로 알게 될 이름이 있다. 왼팔이 빵처럼 부풀었다. 간호사가 피가 고인 바늘을 빼고 새 주사를 놓는다. 그렇게 깨는 것이 다행이라고 생각한다. 나는 살고 싶어 한다. 바보 같으니. 웬 엄살이야. 죽을 리가 없잖아. 약을 먹고 나무처럼 딱딱해진다. 숲을 불태우면 어떨까. 바보 같으니. 얼음이 가득 찬 곳이구나. 투명하게 다 보이는 곳이구나. 나는 팔에 고인 피를 바라본다. 오늘은 장마처럼 비가 내린다. 링거를 꽂은 환자들이 창 쪽으로 몰려든다. 저녁이 비에 흠뻑 젖어 있다. 나는 원하지 않는 것을 안 할 수 있을까. 나는 자유가 없고, 자유가 없다. 루소는 사람들이 타인의 의지를 지배하려고 평생을 바쳐 싫어하는 일을 하는 것이라고 말했다. 나는 생존을 위해서일 뿐인데. 나는 어쩌다 여기까지 흘러왔을까. 기도를 다 마치고 옆자리 할머니가 도넛을 준다. 나는 그것을 어쩌지 못하고 손에 들고 있다. 설탕물이 주르륵 흘러내린다. 단내가 병실 안에 가득 찬다. 달콤한 잠을 잘 수 있을 거야. 나는 잠들기 전 몰래 병실 공용 화장실로 간다. 쓰레기통에 도넛을 버린다. 너무나 먹고 싶지만 위로받지 못할 거야. 나는 쓰레기통 앞에서 중얼거린다.

그리고 다음 날

나는 이제 고통을 참지 않는다. 소리를 지른다. 진상 환자가 된다. 의사는 서늘하고 다정하게 말한다. 겁먹지 마세요. 나는 간호사의 손목을 꽉 붙든다. 간호사의 손목에는 흰 붕대가 감겨 있다. 나 같은 사람들이 그녀의 손목을 부러뜨릴 듯이 잡았겠지. 나는 무엇이 두려운지조차 알지 못한다. 심연에서 더 깊은 진창으로 떨어지는 듯한, 과잉된 느낌은 뭐지. 물리치료가 끝나고 나는 잠시 눈앞에서 커다란 날개가 떨어지는 장면을 본다. 날개가 내 얼굴을 후려친다. 복도에는 노인들이 모여 있다. 이 긴 복도를 걸으면서 나는 매번 생각했지. 친한 사람을 찾고 싶다고. 끝날 것 같지 않은 이 길을 걸으면서 나는 두리번거렸지. 내가 아는 사람이 있을까. 통증은 홀로 겪어내는 것이다. 아픈 사람이 외롭고 더러워지는 이유가 이것일까. P는 마지막 순간에 어떤 마음이 들었을까. 나는 P가 내게 구워 준 쿠키와 직접 내린 콜드블루 커피를 떠올린다. 언제나 웃고 있었는데. 나도 자주 웃는다. 웃는 사람 믿지 말자. 웃는 사람. P는 시를 썼다. P는 그림을 그렸다. 잠깐 카페를 운영했다. P는 소설에도 재능이 있었나. 한 문예지 본심에서 P의 이름을 본다. 소설가가 될 수도 있었겠구나. P랑 밥을 몇 번 먹었더라. 커피와 케이크는 몇 번 먹었지. 나는 길게 이어진 노란 선을 따라 걷고 있다. 이 선을 따라서 병실로 돌아가면 되는데, 너무나 많은 사람이 복도에 앉아 있다. 모두 근엄한 표정이다. 아프니까. 어른이 근엄한 표정이 되는 것은 어딘가 아프기 때문이라는 것을 알게 된다. 식민지 소년과 성매매했던 어느 남성 철학자의 말이 떠오른다. 영혼이란 육체의 추함을 잊기 위해 발명된 유토피아라고.

뇌경색 할머니가 마스크를 자꾸 쓰지 않는다. 할머니의 담당 의사는 마스크를 쓰지 않으면 쫓아낼 거라고 협박한다. 조금 전에 뭘 먹느라 그랬어요. 쓸게요. 할머니는 우아하게 대답한다. 의사가 나가면 다시 마스크를 벗는다. 20대에 부모님과 떨어져 혼자 살면서부터 나는 자주 아팠고 건강염려증이 생겼다. 코로나 포비아인 내가 할머니를 경계하고 있다는 것을 깨닫는다. 이 경계가 더욱 심해지면 미워지겠지. 잘 알지 못하는 사람을 미워하는 일이 간혹 있지만 퇴원할 때까지 한 병실에서 지내야 하니 내 마음이 난감하다. 비교적 그런 일에 무심한 편이었는데. 아프다는 건 뭘까. 누군가를 미워하는 기회일까. 몸이 망가지면 마음은 어떨까. 마음은 진창이 될까. 어쩌면 영영 마음의 진흙이 사라지지 않는 것은 아닐까.

마지막 날

통증은 많이 완화되었다. 완치는 아니다. 의사는 퇴원하라고 한다. 신경과 약을 한 움큼 받는다. 이제 새벽에 커튼을 들추고 혈압을 재는 일은 없겠지. 그렇게 깰 때마다 나는 P를 떠올렸다. 5월인데 으슬으슬 한기가 든다. 온몸에 퍼지는 미세한 경련. P의 소식을 4월에 들었다. 아무 상관도 없지만 4. 16이라는 숫자가 떠올랐다. 나의 20대는 어떠했지. P를 생각할 때 폐허 같았던 나의 20대를 같이 떠올리게 된다. 아무렇게나 배치된 망가진 설계도 같았던가. 잊힌 부분과 잊히지 않는 부분. 읽을 수 없게 된 책 같은가. 지나간 시간을 어떻게 해야 하는가. 나는 조금 지쳤나. 글을 쓰면서부터 모든 것이 증발하고 있다. 어떤 매혹도 성긴 껍질처럼 내부를 파고든다. 충만하기보다 소멸에 가깝다면, 그것이 바로 지쳤다는 말일까. 지독한 것들. 어떤 가난과 어떤 고통과 어떤 자기 처벌은 장르물 같다. 우리는 자신을 너무 학대하고 있는지도 모른다. 무엇을 학대하는지도 모르면서, 무엇이든 학대해야 한다고 생각하는지도 모른다. P의 자유분방함이 좋았지. 특유의 기질이 만들어 낸 불안도 좋았지. 이제 그는 신의 문자를 해독할 힘을 지니게 되었을지도 모른다. 즐거울까? 나는 빅백에 구형 노트북을 집어넣고, 칫솔 세트와 수저 세트, 세 장의 수건, 클렌징 시트를 집어넣는다. 옆 병상 할머니는 오늘도 테이블에 성경책을 펼치고 소리 내어 성경 구절을 읽는다. 전화벨이 울리고 할머니는 통화를 한다. 아, 목사님. 저는 괜찮습니다. 이렇게 된 것도 하나님의 뜻이겠지요. 저는 괜찮습니다. 저는 괜찮아요. 할머니는 다친 어깨를 한껏 치켜올리며 과장된 몸짓이다. 테이블 위의 종이컵이 바닥으로 떨어진다. 물이 튄다. 간병인이 화들짝 놀라 바닥을 닦는다. 할머니는 행복해 보인다. 괜찮아 보인다. 교회에는 언제나 쾌락과 고통이 있으며 너무 슬프고 너무 느린 노래는 전혀 이해되지 않는다고, 아니 에르노는 썼다. 나는 잠깐 아무것도 보지 않으면서 허공을 본다. 눈은 점점 나빠진다. 때로 눈을 감고 걸으면 영원히 눈을 뜰 수 없을 것 같다. P의 소식을 듣고 같이 울어주던 공감력 뛰어난 깡지가 떠오른다. 깡지도 P와 같은 시절이 있었지. 그때 우리는 서로 자주 보았지. 그때 우리는 많은 이야기를 나누었지. 그녀의 마음이 만져지는 것 같아 내 손은 따뜻해진다. P와 더 많은 이야기를 나누었어야 했는데. 언제나 내게 좋은 소식만 전하느라 토막 난 마음은 숨겨두었던 거야. 나는 조금 운다. 자꾸 P의 이름을 불러주고 싶다. 자꾸 살아 있는 사람들에게 P의 이야기를 하고 싶다. 지킬 것이 많은 사람. 더 가지고 싶은 사람들. 그 사람들 속에 내가 있다. 집으로 돌아가면 P가 준 향초를 피워야지. 천천히 발걸음을 내딛는다. 병원 문 앞에 선배가 있다.

이후

하루가 끝나간다. 죽음에 더 가까워진다. 까마득하고 가까운 시간의 얼굴. 사랑의 기억들은 압정에 박힌 발처럼 위험하고 견딜 만하다. 선배는 그냥 어지럼증을 받아들이라고 한다. 나는 어지럼증과 5년 동안 가까웠다가 멀어졌다가 하고 있다. 현대 의학은 훌륭하지만 발생 원인을 정확하게 밝혀내지 못하는 경우가 많다. 하지만 견딜 수 있게 해준다. 어머니는 어디선가 듣고 와서 찰밥에 참기름을 붓고 깨를 부려 먹으면 어지럼증이 낫는다고 알려준다. 나는 희미하게 웃는다. 하긴 히포크라테스도 그랬다. 음식으로 못 고치는 병은 의학으로도 고칠 수 없다고. 현대 의학은 증상을 치료해준다. 시간도 그럴까. 시간은 무엇을 치료해줄 수 있을까. 어떻게 여기까지 흘러온 걸까. 돌이켜보면 암흑처럼 캄캄하다. 아무것도 지나온 시간을 증명하지 못할 것 같다. 나는 달라진다. 그전의 나는 누구일까. 내가 나를 잊으면서 견딜 수 있는 것이 지금인 걸까. 어느 날 갑자기 곤충으로 죽을 수도 있잖아. 이런 망상을 즐거워하던 친구들. 죽은 시인들은 외계인이었을지도 모르지. 이런 망상을 유치하다며 타박하던 친구들. 버스 정류장에서 서로의 팔꿈치를 꽉 끼던 친구들. 그들 사이에 내가 있었던 것은 사실일까. 우리는 왜 그렇게 슬픔으로 가득 차 있었을까. 우리는 왜 그렇게 잔인해졌던 것일까. P를 생각하면 검은 장막에 갇힌 시간으로 들어가게 된다. 아무것도 용서 못 하는 것은 아닐까. 나는 어느 순간부터 일기 쓰기를 멈추었다. 모두 불쏘시개가 될 시간이다. 그리고 시간은 앞으로 가지 않는다. 언제나 과거. 지금도 바로 과거가 된다. 눈이 멀게 되면서 시를 쓰기 시작했던 친구가 있었다. 그 빛나던 언어들은 어느 시간에 박혀 있을까. 강박적이고 아름다운 시를 쓰던 친구도 있었다. 북유럽으로 가려고요. 한마디 남기고 훌쩍 떠났지. 항상 두꺼운 책을 들고 다녔던가. 자기는 정말 이상한 사람인데 시를 써도 되냐고 묻던 친구. 그 친구는 자신의 이상함을 견디는 일을 즐거워했지. 이 조각들이 검은 장막 안에 갇혀 있다. 견딜 만하다고 나는 자주 중얼거린다.

저물녘 천변을 걸으면 수많은 벌레가 내 얼굴을 감싸고 빙빙 돈다. 앞이 안 보일 때가 있다. 팔을 마구 휘저으며 걷는다. 출렁거리는 마음 안으로 벌레들이 달려들고 있다. 사람들이 천변으로 몰려든다. 강아지들도 몰려든다. 나는 천천히 걷는다. 앞을 바라보면서.

나가며

이영주

강지혜 시인과 이 편지를 주고받은 지 벌써 1년이 지났다는 것을 확인하고 깜짝 놀랐다. 시간이 이렇게나 빨리 흘렀다고? 우리가 서로에게 언어로 위로를 보내고 응원과 지지를 하게 된 시간이 쏜살같이 지나간 것을 믿을 수가 없었다. 그만큼 우리는 상담을 통해 서로의 마음을 들여다보는 일에 푹 빠져 있었다. 편지뿐 아니라 수시로 연락을 주고받으며 소소한 일들을 나누었는데, 서로에게 연결된 일상 자체가 우리의 시간을 멈추게 한 것일지도.

이 편지를 주고받는 중간에 우리는 둘 다 입원했다. 내가 먼저 입원과 퇴원을 했다. 일주일 정도 지나서 강지혜 시인이 입원했고 퇴원했다. 강지혜 시인한테 말을 하지는 않았지만 나는 소름이 돋았다. 십몇 년의 나이 차에도 불구하고 우리는 비슷한 시기에 삶의 변곡점을 함께 겪고 있는 것인가. 비슷한 일을 겪었다는 점이 서로에게 더 강력한 공감대를 형성해주는 것 같다. 홀로 견뎠던 이십여 년의 독립생활을 접고 나는 마흔에 결혼했다. 그리고 20대였던 강지혜 시인도 비슷한 시기에 결혼했다. 상담을 받는 시기 또한 같았다. 어쩐지 내가 너무 강지혜 시인한테 기대고 있나 하는 반성도 하게 된다. (날 버리지 마!)

나이 들어가는 일은 흔히 말하듯 점점 더 섬처럼 고립되는 것일지도 모른다. 내가 이런 소리를 하면 "새파랗게 젊은 게 벌써 그런 말을 하느냐"고 어르신들한테 혼날지도 모르겠지만. 어느 순간부터 나는 자꾸 고유명사를 까먹는데, 이것을 징후로 느끼게 된다. 뿐만 아니라 친구가 점점 없어지고, 그것이 아쉽지 않다. 그동안 너무 많은 관계가 독버섯처럼 돋아나고 있었다. 이제 그 버섯들을 떼어내고, 오로지 나만 남기는 것, 그것이 중년이 되었다는 증거일지도 모르겠다.

외롭고 쓸쓸하게 문학을 벗 삼아 지루한 하루하루를 보내고, 그것이 싫지 않은 나에게 강지혜 시인은 반짝이는 빛이었다. 최신 트렌드를 알려주고, 나의 실수를 용서하고, 고통에 공감해주고, 자신의 마음도 담백하게 표현해주는 아름다운 사람. 강지혜 시인 때문에 많이 울기도 했다. 그녀의 고통이 시퍼런 칼날처럼 나를 베었다. 웃기도 했다. 그런 사람이 내 곁에 있고 함께 시를 쓰고 있다는 것이 감사해서.

강지혜 시인은 제주도에 내려가 살면서 여성 연대의 강력한 에너지, 그 가능성을 알려주었다. 나는 믿지 않았다. 여성 연대라는 것이 추상적으로 느껴졌다. 나 자신부터 내면화된 남성성 때문에 스스로 상처받는 일이 많고, 주변에 상처를 주는 일도 많기 때문이다. 그만큼 여성들이 내게 주는 상처도 적지 않았다. 의도하든, 의도하지 않든 우리끼리 잔인하게 상처를 주고받는 일이 끝나지 않을 거라 여겼다.

하지만 강지혜 시인은 그런 모순을 넘어서 마음의 연대가 가능하다는 점을 내게 계속 강조했다. 그래서 이 편지가 시작되었다. 나는 그동안 어두운 마음의 싱크홀에 빠진 나를 들여다보는 일에 익숙했다. 절망은 내게 의식주 같은 것이었다. 절망의 힘으로 살아가는 사람도 있는 법이니까. 그리고 자신을 가장 외롭게 하는 일에 익숙했다. 그러나 상담을 받은 시간과 과정에서 나눈 젊은 여성 시인과의 대화가 나를 살찌웠다. 이 변화를 어떻게 표현해야 할지 모르겠다. 나는 조금씩 달라지고 있다.

이 책을 읽는 독자분들이 적나라한 마음의 상처들을 목도하고 슬픔에 빠지지 않기를 바란다. 차라리 홀가분하게 여겨주기를 바란다. 생각해보면 인간이란 알 수 없는 존재가 아닌가? 그러므로 언제든 지옥 불을 뚫고 새롭게 태어날 수 있지 않은가? 나는 그 가능성을 이 책에 담아두고 싶다.

시소 시리즈 01

우리는 서로에게 아름답고 잔인하지

1판 1쇄 펴냄 2021년 12월 15일

지은이 강지혜 이영주

펴낸곳 아침달
펴낸이 손문경
편집 송승언 서윤후
디자인 한유미 정유경

출판등록 제2013-000289호
주소 03980 서울시 마포구 성미산로 153-16, 2층
전화 02-3446-5238
팩스 02-3446-5208
전자우편 achimdalbooks@gmail.com

ISBN 979-11-89467-35-7 03810

* 책값은 뒤표지에 있습니다.

아침달